光绪二十三年

范军 著

长江出版传媒 ｜ 长江文艺出版社

图书在版编目（ＣＩＰ）数据

光绪二十三年 / 范军著. -- 武汉 ：长江文艺出版
社， 2021.10
　ISBN 978-7-5702-2172-1

　Ⅰ. ①光… Ⅱ. ①范… Ⅲ. ①散文集－中国－当代
Ⅳ. ①I267

中国版本图书馆 CIP 数据核字(2021)第 105534 号

光绪二十三年
GUANGXU ERSHISANNIAN

责任编辑：周　聪　　　　　　　责任校对：毛　娟
封面设计：颜森设计　　　　　　责任印制：邱　莉　　王光兴

出版：长江出版传媒　长江文艺出版社
地址：武汉市雄楚大街 268 号　　　邮编：430070
发行：长江文艺出版社
http://www.cjlap.com
印刷：湖北恒泰印务有限公司

开本：880 毫米×1230 毫米　　1/32　印张：8.125　　　插页：2 页
版次：2021 年 10 月第 1 版　　　2021 年 10 月第 1 次印刷
字数：149 千字

定价：48.00 元

序言：光绪二十三年的人间烟火与世事流变

光绪二十三年（1897 年），这个世界还好吗？

此前半个多世纪，是两次鸦片战争与同光中兴的此起彼伏，此后一年，是戊戌变法的粉墨登场。此后十四年，帝国悲怆谢幕。

所以，它是大巨变的前夜。是人间万象的炊烟袅袅，是世事流变的电光火石。的确，从生活美学与哲学角度看，光绪二十三年意味深长。

它应该是三千年未有之大变局的一个节点，但是山野、古镇依旧亘古不变。那些美好、那些沧桑，都在寻常百姓日子里化为了永恒。

在时间的容器当中，每一个节点都包罗万象。相比于政治、权谋，我更喜欢时间容器里的芸芸众生。他们的喜怒哀乐，绝望与希望，相逢与离别。就比如光绪二十三年，每一个普通人的命运浮沉，命与运的纠缠交结，构成了他们寻常日子的所有悬念。这是百姓们活下去的乐趣，或者说动力。而国势的动荡与悸动，让生活伦理更显张力。

光绪二十三年，52 岁的乡村秀才胡廷卿瞻前顾后，为的就是生活之舟不会覆没。他的世界只有两个没有取得功名的儿子，胡廷卿希望他们的未来不至于像他这个失败的父亲一样，百感交集地活着。虽然那样的年代，"百感交集"是一种常态。

百姓的日子虽然寡淡，但其中也包括修宗谱这样仪式感很强的事。这其实是和死生一样重要的大事。光绪二十三年，安徽祁门竹源坑口陈氏家族，正在大张旗鼓修宗谱。天下可以时移世易，江山可以百年易主，但宗谱是大于江山的。一个家族的血地与血脉，端的需要维护、修葺、发扬光大。这是人之所以为人、族之所以为族的根本。在"修谱"一事上，竹源坑口陈氏家族做得一丝不苟、郑重其事。

社会各阶层，每个阶层的活法都不一样。光绪二十三年，仿佛清明上河图，徐徐拉开的是各色人等各自努力的人生爬坡与突围过程。这也是人之所以为人的一个重要内容。这一年，53 岁的江苏省元和知县李超琼在仕途浮沉多年后，联想到张之洞对自己的冷遇，最终明白一个道理——唯有投身新式洋务，才能在仕途上有所作为。李超琼的努力尽管是个人奋斗的一个缩影，但是在时移世易的大背景下，它还是具有了普世意义。新式洋务，是大清王朝一襟晚照下的反光点，起码在彼时彼地，它抓人眼球。

光绪二十三年的京杭大运河，体现了人与自然关系的某种嬗变。河虽然还是那条河，承载的内容却已大相径庭。这是落花流水春去也，却不是天上人间。西风东渐的消息，在河漕与海运的此消彼长间，得到了越来越清晰的证明。有时世事的衰败，意味着新生，但对大运河来说，它的成败，与古典中国的制度、情怀息息相关。这是一种苍凉的告别，大运河从一开始就带着人类的体温与欲望寸寸蔓延，只是山海有穷尽、人事也有代谢。运河，终归有流不动的一天。这个人间，因此变得更不完美了。

人与自然的关系，自然其实是主宰。在光绪二十三年，永恒的永远是静默的群山。千万年来，万千精灵在各种山的表层与深层各自修炼，完成一个生机勃勃的内循环系统。换句话说，山是动植物的基因全息宝库。光绪二十三年，猕猴、金钱豹、云豹、金猫、娃娃鱼、髭蟾等珍稀动物依旧在大大小小的山中真实地存在着。喜怒哀乐、繁衍生息，浑然不知山外有一个叫"人类"的物种正在对它们充满好奇，试图接近。而人其实是文明发达到一定高度之后的产物。灵长类是万物之精灵。从猿人、野人再到现代人类，这都是以时间为成本、以进化为依托，氤氲而成。山还是那些山，人的守望却早已经越过关山千万重了。光绪二十三年，在时移世易的漂浮不定中，那些有慧根的人想必会饱含热泪，匍匐于大地，感恩于造化。山之深情，最后才能换来人间深情。在人与自然的交融间，山与人都得到了慰藉、滋养与氤氲。

这是一种大解脱，大自在。

当然，从起承转合的角度，光绪二十三年有它自身的使命与内涵。美学、哲学、民间伦理学、政治学，都在光绪二十三年的时间容器里各自发酵，氤氲出这个人间的温度、深度与广度。那是混沌与苍茫，是大道至简，又是繁花满天。该告别的告别，该固守的固守，该嬗变的嬗变。每一个人都在风中热望，每一滴眼泪都有来处和去处。那些因果轮回，那些旁逸斜出，那些可怜人、可笑人、可敬人、可悲人，都挤在这个时间容器里各寻出路，各自努力避开命运早已设下的埋伏。虽然很多时候，努力是徒劳的。

光绪二十三年，已然是 19 世纪即将告别的年头，也是 20 世纪隐约可见的渡口。是农耕乡土文明开始回望的时刻，庙堂与民间都人声鼎沸，喧哗与骚动到处可见。究其实，所有的情感都极度相似，所有的人间烟火与世事流变，看上去都是那样的熟悉，仿佛我们的前世，在阳光底下热烈地生活着，展示着，袅袅炊烟扑鼻而来，人事、世事的"朝花夕拾"也别有深意。

一切都在告别与重逢。而所有的告别与重逢，都丰满了时间容器里，光绪二十三年的内涵与外延。

是为序言。

2021 年 2 月

目　录

上辑　人间烟火

下辑　世事流变

上辑 ｜ 人间烟火

淮 安

作为运河城市，淮安是个重要的标本。光绪二十三年的淮安，还是充满了人间烟火气。虽然早在万历二十八年（1600 年）时，淮安已经入选全国第九大城市，排在它后面的城市有扬州、临清、济宁、仪真（征）、芜湖、景德镇等。而在康熙三年（1664 年）时，彼德·冯霍姆率领荷兰使团经过淮安时，旅行日志称该城是中华帝国的第八大城市——这一切都说明，淮安的人间烟火气还是源远流长的。运河的水滋润了它，运河人家的散淡日子在光绪二十三年依旧不紧不慢地过着。这一年，淮安的常住人口在百万以上，大量外来人口，尤其是高素质的南来北往的官员、文人墨客及参加科举的士子在淮安城中进出，他们大多在西门与北角楼之间的江西会馆、河下的湖南会馆、周宣灵王庙同善堂的新安会馆、福建庵（今淮安区莲花新村北）的福建会馆、北角楼的镇江会馆、竹巷晋商的定阳会馆、湖嘴街浙商的四明会馆、中街句容人的江宁会馆等歇息、立足、安身立命，构成了淮安市井生活的流动部分。盐商们寓居或落户淮安，由此揭开了在淮安地区兴建私家园林的序幕。据记载，兴建在河下镇的私家园林有六十五座之多，其中盐商程嗣立的菰蒲曲、盐商程鉴的荻庄、官绅张新标的曲江楼等负有盛名。在光绪二十三年的时空之下，这些园林及他们的主人——盐商及官绅等将日子过得有滋有味，相信天不变道亦不变。

散淡日子离不开饮食男女。男女先不说，说饮食。在淮安，从山阳城南到清河马头镇，一路上酒楼饭庄、饼铺面馆、小吃棚叫卖担鳞次栉比。这其中位于淮安旧城西南角万柳池边的清溪馆名噪一时。《淮壖小记》记载："清溪馆在万柳池侧，昔漕镇建牙南府，谓之三堂，南门迤西有水门，漕艘到淮，泊南角楼，人由此进城，集此酒肆名播南北。"

因为酒馆众多，淮扬菜就此声名远播，《清稗类钞》中记载的"全羊席"与"全鳝席"，堪称淮扬菜的精品。南来北往人，丰富了淮扬菜的口味，而大运河漕运的便利，全国各地各种做菜原料在淮安的汇聚，最终打造了淮扬菜成为中国著名菜系的坚实基础。以盐商为代表的富庶群体在淮安出现，使得类似"全羊席"这样的奢华消费滋润了这座运河城市的寻常日子。

光绪二十三年，由于淮安作为运河城市工商业经济发达，老百姓的生活开始逐渐摆脱农业社会的传统影响，走向富足与奢华雅致。诗酒雅集、听戏品茗、食药养生，成为市民阶层的时尚追求。这座运河城市，仓廪实而知礼节。单以河下小镇为例，明清两代科举，共中 67 名进士，状元、榜眼、探花都有，"河下三鼎甲"一时闻名遐迩。尤其值得一提的是，河下的刘氏家族五世魁科，一门六进士，李氏兄弟同科进士，张氏父子同试博学宏词科，都传为佳话。

一切似乎花好月圆，日子还将长长久久地过下去。但因为是运河城市，淮安的流变一定是与大运河绑在一起的。我们还是将目光投射到那条河上吧。大音希声、大象无形，世上大拙之物事，向来是欲辨已忘言的。大运河就是这样，从南到北，仿佛自天地初辟鸿蒙开始，就这么地老天荒地流着了。但一些起承转合的微妙节点，却悄悄提醒了世事的流变。

此前 42 年，也就是咸丰五年（1855 年），黄河在河南铜瓦厢决口北徙后改由山东入海了，这一改变致使山东境内河道废弃，南北航运中断。事实上，这是致命的中断。如果从文化或者文明角度观照大运河，光绪二十三年之前，这条河已经承载了太多文明间融会贯通的功能。早年间中原文化对江南文化的渗透，以及宋以后江南文化对北方、中原文化的反哺，特别是运河开通后，江南的丝织工艺、陶瓷制造术、建筑术、造纸印刷术、指南针及各种文化书籍大量传往北方，这条河的转运功能都功不可没。再推而广之，作为"东方世界主要国际交通路线"，"大运河的一端通过明州港以通海

清
禹之鼎
《修竹幽居图》

唐宗修竹幽居圖

外诸国，另一段则从洛阳西出以衔接横贯亚洲内陆的'丝绸之路'。可以说，大运河起着沟通陆上'丝绸之路'和海上'丝绸之路'的巨大作用"（见《运河访古》）。大运河就是这样连通起了中国和世界的文化脉络。

但是咸丰五年（1855年）时，这样的连通中断了。虽然说时移世易的消息是以天灾的形式呈现的，却也与人力有关。早在道光五年（1825年）时，39岁的两江总督琦善发现自己的仕途有了新动向——作为两江总督兼署漕运总督，琦善在这一年开始总办大清历史上的首次海运。一些机构开始成立：上海设了海运总局，天津设了收兑局，一个王朝从漕运向海运的静悄悄转变在一个平常的年头开始了。道光六年（1826年）正月，一批漕船从黄浦江出发，经吴淞口东向大海，行驶了4000余里后抵达天津收兑局验米交收。漕船上运载的是苏州、松江、常州、镇江与太仓四府一州漕粮共163.3万余石。这个数量其实是蛮惊人的，因为它标志着这一年朝廷的海运粮占了全部漕粮总数的一半。此后到了咸丰二年（1852年），江浙漕粮改为海运（又称海漕）；咸丰三年（1853年），湖北、湖南、江西、安徽四省漕粮改折（指用银两或其他物品代替）。这样一来，漕运的消亡已是指日可待了。

所以光绪二十三年的大运河，便显得格外意味深长。从前因后果看，前因方面，1851年广西金田爆发的太平天国起义席卷全国，江苏、浙江、安徽、江西、湖北等清政府重要的漕粮征集地区成了太平天国主要的活动地区，在此后长达 14 年的战乱中，江浙一带的漕运几乎处于瘫痪的状态。太平天国运动之后，紧随而至的捻军起义活动于河北、山东、山西、陕西、河南、湖北、安徽、江苏八省之间，并且一度进攻漕运重镇淮安府等，对清政府的漕运秩序带来重创，加速了漕运的衰败。大运河由此唱响了挽歌。

真正的挽歌可能还要在三年之后的光绪二十六年（1900 年）开始唱起——南漕改用火车，由天津运往北京。光绪三十一年（1905 年），淮安漕运总督部院因无漕粮可运而撤销，这标志着淮安不再具有南北漕运枢纽的地位。此后的 1911 年，津浦铁路全线通车，从此京杭大运河以及沿线城市的地位一落千丈。毕竟时移世易的消息里，时间是可以改变一切的。光从运输时间看，漕运是属于田园牧歌时代的。大运河上，漕粮运到目的地需要数月或半年以上，但改为铁路运输后，快则不足十天，慢则也在一月以内就可以运入京城了。

一切都在快速的改变中。无论是大运河，还是附着其上的淮安城。而作为节点时间，光绪二十三年悄悄提醒了世事的一种流变，虽然百姓的日子，并未觉察到，变化正加速度地到来。

秀才胡廷卿

光绪二十三年，秀才胡廷卿 52 岁了。年过半百，有两个儿子。胡廷卿是典型的中国秀才，名兆祥，字廷卿，号和轩，字号都齐全的。他是道光年间生人，生于道光乙巳年，也就是公元 1845 年。那时，第一次鸦片战争刚结束不久，胡廷卿还不知晓世道艰难，人间兵连祸结。

胡廷卿的一生，大部分时间都待在安徽省祁门县十二都贵溪村。和那时候大部分中国人一样，出生地决定了一个人的视野和格局。如果从光绪二十三年开始回忆，秀才胡廷卿的前半生实际上乏善可陈。他在光绪十四年（1888 年）参加了乡试。那一年，贵溪村的亲友族人设宴为他的"乡试钱行"，赠送程仪（亦称"程敬"，旧时赠送出行者的财礼）。胡廷卿不负众望，获得了秀才功名。事实上他一生的荣光也止于秀才，并最终以塾师为职业，承担起了养家糊口的重任。胡廷卿最初在秀峰书舍任教，后受聘于白杨院。白杨院在贵溪村北五里，是村中的高级学府，在此之前出了不少科甲之士。胡廷卿以秀才学历执教于白杨院，且带出多名在科举考试中颇有斩获的学生，说明他的八股文功底还是相当了得的。

但是随着时间流逝，晚清塾师胡廷卿发现，生活似乎变得入不敷出了。如果从光绪二十三年开始回忆，13 年前的农历五月初三，他的长子阳开定亲，仅"聘金"一项就支出 32 元，而那一年胡廷卿的束脩（教学收入）是 47 元，用于生活费的支出可谓捉襟见肘。而让光绪二十三年的胡廷卿寝食不安的是，第 2 年也就是光绪二十四年（1898 年），他的幼子云鹄要结婚，婚礼及采仪、聘金等开销多达近百元，胡廷卿预估了一下来年的束脩收入，那是远远不够的。他必须借助其他手段开辟财源，谋取收入，这样才能维持一个士绅的体面生活。

由此，光绪二十三年，胡廷卿这样一个底层士绅的烦恼人生就有了普遍意义。准确地说，在教学之余，为村民提供合八字、合婚、择期及治病等服务，并收取一定的喜包钱，是胡廷卿式中国底层士绅的谋生之道。胡廷卿精通医学，治病喜包的收入最多。同时，他推算八字、看日子、择期、合婚等，凡是识文断字的先生能干的活他都干。光绪二十三年，胡廷卿徐徐展开的就是中国乡村士绅的现实生活图景。生活在歌唱，即便不是歌唱，胡廷卿的人生也变得没有那么烦恼了。

正月十四，收田坑海林弟喜包钱 200（文），为合八字。

四月□□，收板溪送喜包钱 200（文），为择婚期。

五月廿二，收三余送喜包钱 200（文），为择婚期。

在这个底层士绅的账簿记载中，生活的滋味是由一连串看不到头的 200 文喜包钱串起来的。如果有一天能看到头，有滋有味的生活估计也就到头了。

但是时移世易，胡廷卿的士绅生活不知不觉间也有了商品经济的影子。一切得从祁门红茶创制人胡元龙说起。祁门县为中国传统茶区之一，以枝茶为主要品种。由于枝茶生产周期漫长，茶叶制成后需要存放 3 年以上的时间才可上市销售，贵溪茶商胡元龙决定改进制作工艺。光绪年间，祁门红茶成了中国著名茶叶品牌。此后，贵溪村茶叶生产逐渐红茶化，村中开设有太和丰、胡日隆、永兴祥、源利祥、胡日兴、胡怡丰、永昌栈等多家茶号，收购毛茶，精制红茶。胡元龙是胡廷卿叔父，这样的改制毫无疑问是可以恩泽后人的。胡廷卿就是被恩泽者之一。胡廷卿从光绪十一年（1885 年）开始，相继购买了汪郎冲、徐家坞等四处茶棵园地，加上祖上传承下来的祠背后、小弯 2 处，共有 6 处茶棵园地可以种茶。由此，士绅胡廷卿也成了一个小型地主。光绪二十三年年底的某个夜晚，

清

金钥、蔡含秋

《花蝴蝶图》

小地主胡廷卿在昏黄的煤油灯下用正楷小字小心翼翼地记下当年的红茶销量及销售收入：

全年共卖出红茶 72. 11 斤，销售收入 16. 951 元

钱虽然不多，但胡廷卿聊以自慰的是，他的士绅身份还是大于地主身份的。读书人嘛，本分不能丢。

只是胡廷卿不知道，在光绪二十三年的大背景下，他茶叶收入的风调雨顺实际上曲折反映了国内外茶叶市场的风吹草动。光绪二十三年时，两次鸦片战争都已经爆发，太平天国战争也早已平息，西方国家对中国茶叶商品有着强烈需求，民间外销茶叶的"洋庄"茶十分盛行。最关键的是，中国茶叶又是唯一不与西方工业品发生竞争的产品，胡廷卿等由此过了些年由茶叶稳定收入带来的安生日子。胡廷卿本人所耳闻目染的是，光绪八年（1882 年），祁门红茶新品种首次在汉口销售，就受到海外茶商的青睐，价格步步走高。光绪十年（1884 年），祁红每担售价 34 两银子；光绪十二年（1886 年），每担 40 两到 44 两之间；光绪十四年（1888 年），每担达 45 两至 52 两银子；光绪二十三年每担茶价超过了 60 两。胡廷卿感觉，生活的风调雨顺就是茶价的步步高，这样的日子才有盼头。甚至秀才胡廷卿与时俱进，开始注资入伙茶号，成为茶号的股东，转

身成为一名茶商。他入伙福和祥、恒丰等茶号，注入资本金，获取作为茶号股东的售茶收益。当然胡廷卿入伙茶号，以及作为股东享有的利润分配和承担经营风险，在经营制度上仍然承袭明清徽商原有的机制，没有出现什么制度创新。这从一个侧面说明，光绪二十三年还是帝制中国的时代，太阳底下无新事。

被茶事恩泽的不仅仅是胡廷卿，还有他的两个儿子。长子阳开虽然多次参加县试、府试和院试，但只获得童生功名，连秀才都没考上。此后，阳开只能像他父亲一样，做一个乡村塾师。因为没有秀才功名，阳开只能带二三名学生，束脩收入远远低于父亲当塾师的收入。光绪二十三年其实也是阳开的人生拐点。因为到了第 2 年也就是光绪二十四年（1898 年），阳开下海经商，替茶号运送祁门茶叶至汉口、广东等地。事实上这样的押运让阳开的经商天赋得以检验——他口才好，有一定的交际、公关能力。对于沿所受税卡衙役等勒索、盘剥应付自如，最终圆满完成任务，这让阳开的市场经营能力得到了同行的认可，甚至有茶号以提前预付工资的方式聘用阳开。另外胡廷卿的次子云鹄也在景德镇的方长春号学习商业知识，时不时地从当地购买大米运回本村销售。

胡廷卿父子经商后，家庭收入也有所增加。在远销茶叶的过程中，阳开带回了"洋肥皂""洋面盆""洋缎"等西方进口商品，这让祁门县贵溪村仿佛也与世界接轨了，大家不再是井底之蛙。

光绪三十年（1904 年）的一天，胡廷卿做出一个重大决定——分家。他把所有茶园地都均分给子孙，自己不再经营茶叶生意，而是专职从事教学，以束脩和"喜包钱"为生活来源。这一年胡廷卿虚岁 60，对秀才功名尤为看重，决定要过单纯的士绅生活。虽然一年之后，清政府宣布废除科举，但胡廷卿并没有因为废科举而影响他的束脩收入。山村岁月长，好多东西不能一刀两断，一切都还会藕断丝连、细水长流。甚至在中华民国成立后，老秀才胡廷卿转变身份，成为本村养正国民小学的倡办者，不仅在新式学校教育中继续获得收入，其秀才身份依然让他成为货真价实的士绅——那些时移世易的动荡，似乎都与光绪二十三年中年胡廷卿的心境差不多：变是常道，不变更是常道，一切以不变应万变吧。

修宗谱

光绪二十三年的安徽祁门竹源坑口，毛竹还是一如既往的茂盛。世事苍茫，竹源陈氏人家却自成一体。这个村庄的所有陈姓人都是汉太邱长颍川郡王陈实的后裔。自从陈实之后唐代朝散大夫陈广、曾孙陈京在唐僖宗乾符六年（879 年）从江西浮梁盐仓岭迁移至此，一晃已经 1000 多年时间了。祖上的宗谱记载，竹源"山水幽幽，木石清奇"，实在是非常适合居住的，遂决定在此定居。1000 多年的时间，一个村庄的人口不断扩大，而且还呈溢出态势。至少从宋代开始，陈氏人家又从竹源坑口分迁到桃源、文堂、武峰、正冲、南源、双溪、环溪等地——一个家族的枝繁叶茂或者说人间传奇终于蔚为壮观。

光绪二十三年的阳光一如既往的灿烂，照在坐落于村子中央的陈氏宗祠。这个宗祠是中国式宗祠的典型样本，在列祖列宗中选择功成名就的人物作为激励后进的典型，以体现慎终追远之意。陈氏宗祠选择的优秀祖先是南宋进士陈楒，祠前还有专为他而造的圆形旗杆石 4 座，上面刻有"恩进士"等字。祠堂两边还有对联曰："分土从豫章距颍川千里而遥发源自尔，传家在唐史沿僖宗六年以后托本于斯。"

除了宗祠，还有支祠。陈氏支祠叫会源堂，意思是竹溪陈氏由此分迁他乡及外邑者都溯此为源，所以叫"会源"。会源堂有楹联云："竹发院中千枝万叶孙传祖，泉流山下四海三江委汇源。"一个家族中国式的开枝散叶与源远流长，在这副对联中展露无遗。

人生如戏，那些家族的起承转合又何尝不是一出戏呢。虽然光绪二十三年离戊戌变法仅隔一年时间，离甲午海战也只过去了 3 年时间，但是家族的戏不是国家的戏，家国同构在某种意义上只是帝王将相的事情。在中国安徽这个小小的村庄，老百姓的眼光也只在祖上与后代之间打转。舞台当然也是需要的，比如会源堂的仪门就是一座戏台，号称万年台，两侧楹联曰："芝山月土歌声澈，竹经风生舞佩摇。"但是来来去去演出的无非是儿女情长、家族恩怨，最终的结局大多是大团圆。它是平常百姓平淡生活的一个念想、一个消遣。那些人间烟火气，散发最多的还是"安宁""圆满"等字眼。

竹源坑口陈氏是徽州名族之一。光绪二十三年之所以要修宗谱，是因为年久失修了。事实上从明正德十年（1515 年）祖上修陈氏大成宗谱以来，到乾隆七年（1742 年）虽然续修过，但并没有付梓，等于没修。老话说了，30 年不修谱就是不孝，所以光绪二十三年的修谱在竹源坑口陈氏看来，是一件特别重大的事情。就像族人在《纂修竹源陈氏宗谱序》中说的那样："盖闻家之有谱，犹国之有史……故家谱之数十年一修，其关匪浅。"

这一年，竹源坑口陈氏宗谱编修委员会的组成人员名单如下：

正主修：

朝牧，邑庠生，字秉仁，秉公。

副主修：

浩魁，候选训导附贡生，字斗文，总理木史阅；

朝衔，邑庠生，字居正，兼收洋钱；

正燕，例授登仕佐郎，字树人，总理账目。

绘图：

正传，国学生，字德英，画工尚佳，兼对读勤心款费。

书写：

正昉，国学生，字思齐，兼对读；

开泽，武庠生，字向南，明于头绪，兼对读；

开奎，国学生，字星泉，兼对读。

司事帮办：

正斌，国学生，字谓贤；

光甲，国学生，字左泉。

款费：

肇闰，浩贤，国学生，字兴文；

正中，国学生，字廷英；

正文，国学生，字鉴彬；

正誉，字景行；

正欣。

梓人：

冯大声，抚州人；

周松甫，抚州人，刻工甚佳；

张逢源，浮梁人；

郑仲之，浮梁人。

这份名单，事实上展示了中国式民间修谱组织人员的身份、文化与技能构成。需在宗族中有一定文名，或职务最高，哪怕是退休官员。它体现了对修谱的重视，在某种程度上也是荣誉。家族当中，德高望重者才能主持大事。就像主修朝牧，皇上钦加五品衔的，还特授宿州学正。另外朝牧的父亲浩奎曾在道光八年（1828 年）协修县志，有一定权威性。在光绪二十三年，安徽的一个农村，一个五品衔陈姓官员当仁不让地主修宗谱，很中国，很光绪，也很岁月静好。

清
虚谷
《鱼嬉图》

中国人的修谱，实在是一件仪式感很强的事情。文字修缮只是一个方面，最关键的是规格或者说形式。纸张、雕版、印刷、版式、装订、装帧，各方面都要一丝不苟。这当中最重要的工作是付梓前的送审，是否有避讳，有没有错字、遗漏的地方。如果有必要，还要送官府审查后再行印刷。好在光绪二十三年的竹源坑口陈氏宗谱重修工作顺利完成了，但接下来在宗谱保管方面，竹源陈氏做得更加有条不紊。这其实是仪式感最强的一件事情。修谱目的是传之于后世，怎么保管，讲究多多。要选一套供奉在祠堂，再按编号分给族长、族人保存。竹源坑口陈氏宗谱管理办法规定："每岁腊祭之期，各捧所编业字号到宗祠验看一遍，祭毕照前封锁，仍各带回收藏。如有鼠侵、油污，摩坏字迹，在族长同族众在祖座前，量加惩戒。"

为了便于保管，陈氏宗谱是用特制的大木箱子收藏族谱的。有放在梧桐树板油漆箱里的，也有放梓树板油橱保管的。并且保管宗谱与保管锁匙的不是一个人，这样做的目的是防止宗谱的流失或传抄。在光绪二十三年，所有一切都按仪式进行，仿佛那些天长地久的岁月，都可以亘古不变。只不过一些嗅觉敏感的人已经知晓，三千年未有之大变局正轰隆隆地到来，宗谱里的往事不能更改，但那些子孙后代包括自己的前程，却变得越来越不确定。

一切都是那样的茫然。

知县李超琼

　　光绪二十三年，53 岁的江苏省元和（今苏州）知县李超琼在仕途浮沉多年后，一下子感到去留两茫然了。

　　李超琼，同治三年生于四川合江县一个山区，从小打草放牛，家境还是比较贫寒的。他 18 岁时每天到 50 里外的一个贡生家里读书，19 岁中了秀才。应该说在功名的道路上起步还不太晚。但是从 22 岁开始，李超琼乡举不中。同治八年（1869 年），24 岁的李超琼虽然入成都锦江书院读书，此后的同治九年（1870 年）、同治十二年（1873 年）乡试，以及光绪元年的顺天乡试，李超琼却都名落孙山。这实际上是一个中国书生的经典故事——名落孙山是常态，独占鳌头都是传说中的神话。好在李超琼的命运此后因为同乡陈海珊的出现而有所改观，协助他"办理奉天边务"，从而开始了近 10 年的辽左幕僚生涯。

　　这陈海珊也是合江县人，正所谓知识改变命运，他在同治三年

深柳讀書堂擬趙大年筆

清
周笠

（1864 年）中举后，历任数县知县，后来还因为平盗有功，升任知府。光绪元年（1875 年）升道员，并且参与了关外大东沟善后事宜，可以说是标准的仕途中人。陈海珊之所以向李超琼伸出橄榄枝，一方面是因为他俩有着姻亲关系；另一方面是对后者的处境深表同情。当然李超琼虽身居幕府，科举入仕的想法却一直没有放弃。因为陈海珊的履历让他明白，必须先成为举人，才可以言仕途。他光绪二年（1876 年）又从辽左入京参加顺天乡试，再次落榜。直到光绪五年（1879 年），李超琼第 6 次参加乡试时，名列276 名，终于成为一名举人。

这一年，李超琼 34 岁，距他第一次参加乡试，已经过去了 12个年头。但是举人李超琼此后未能再进一步。光绪六年（1880 年）和光绪九年（1883 年），李超琼两次参加会试落第。38 岁的他发现自己这辈子不可能成为进士了。候补好几年后，终于在光绪十三年（1887 年）当上了常州府溧阳县令——知县李超琼的仕途生涯正式开始了。

光绪十五年（1889 年），李超琼由溧阳调署元和县任代理知县，翌年二月调补任知县。此后，光绪二十二年（1896 年）署长洲县令，同年回任元和知县——总之 10 年后的他，已然是宦海经年的中年人了。其实从这份履历表上看，李超琼的仕途生涯并不得意。先是生了一场大病，然后因官场人脉关系不佳，长期滞留阳湖县，后来即便返回元和县，也难言有更好的发展。

这样的时刻，李超琼开始了他的人生突围。如果从光绪二十三年的时间点开始回望，其实早在两年前，李超琼就从阳湖赶赴金陵专门拜访湖广总督署两江总督张之洞，试图为自己的官场颓势扭转方向。

李超琼之所以要拜访张之洞，是因为在光绪二十一年（1895年）的一天夜里，他收得金陵友人马小沅寄来的一封书信，信上说张之洞听人传李超琼为江南第一好官，似有欲调他去江阴任职之意。在当时，江阴虽然在行政级别上比不上阳湖，不过地理位置十分重要。事实上张之洞也非常看好江阴，此地后来还成为他自强军的驻地。马小沅在给李超琼的信中极力鼓动他要主动去拜访张之洞。作为帝国栋梁，张之洞如果能高看某个知县一眼，那此人绝对前途无量。

但后来的事实证明，马小沅只是在给李超琼传播小道消息，张之洞并没有高看李超琼一眼。等李超琼专程赴金陵拜访张之洞时，后者根本没空接见他。李超琼在那几天的日记里心情黯淡地写道：

> 早起，诣谒督宪南皮张公之洞。于捕金养素少尹处坐候。既久，以前通政使黄公体芳入谈，遂不得见。
>
> 早起，仍诣督辕衔参，则制军以粤抚马渔珊中丞归榇过

此，巳刻乘马车出下关吊之，坐俟其归……

拜访张之洞受挫后，李超琼决定"拟捐道员开缺"。但是捐道员所需银两不少，早在光绪十五年（1889 年）时道员标价就达 5900 两，而当时李超琼虽然谈不上囊中羞涩，却也为家庭所累，时时要贴补家用的。光绪二十一年（1895 年）的一天，李超琼接到家书，说家中新购田宅费银 1700 两，闰五月家里因为借了好多钱还不上，来信求援，李超琼马上寄回家 2000 两银子。就在李超琼准备去拜访张之洞之前，家里又来信告诉他，还有将近 4000 两银子的外债。李超琼后来感叹说："不知何以至此。吾生其能清此乎？"意思是这辈子怕是还不清家里的债了。

事实上正是这一地鸡毛的家里家外事，拖累了李超琼的仕途发展。光绪二十三年，戊戌变法前一年，李超琼突然发现，除了捐道员外，仕途发展似乎还有别的路子，那就是走洋务路线。他观察到，凡是对洋务熟悉的官员，升迁都比较快。比如朱之榛，在江苏做官近 40 年，多次获省部级高官举荐。大理寺卿浙江学政徐致祥、东河总督任道镕、署理两江总督湖广总督张之洞都曾经举荐朱之榛。朱的一个特点是精于厘务，他也因此多次担任江苏臬司。

朱的仕途得意事实上和光绪帝的下诏求贤有关。甲午战败后，皇帝要求京内外要举荐"究心时务，体用兼备"之贤才，范围兼及

"天文、地舆、算法、格致、制造诸学"，总之精通洋务尤佳。李超琼检讨自己拜访张之洞受挫的真正原因，恐怕与他当时还不是新式人才有关。因为张之洞作为晚清的洋务巨擘，对新式人才还是极为礼遇的，一个公开的例子是对湖南候补知县邹代钧的礼遇。

光绪二十三年，李超琼投身新式洋务的一个举措是对《渝报》创刊的赞助。作为四川第一张新闻报纸，李超琼襄助开办费 100 两银子。钱不多，但是如果把这份报纸看作股份制报纸的话，李超琼也算得上最初的 21 名股东之一了。

另外还有对《时务报》和《蒙学报》的襄助，分别是 100 元和 30 元。特别值得一提的是《时务报》，由黄遵宪、汪康年、梁启超、吴德濡、邹凌瀚等人发起，在国内知识分子中的影响力非常大，可以说是戊戌变法前维新派的重要刊物。当然它开办的主要资金来源是此前强学会的余款，以及黄遵宪的捐款和其他募集资金，包括张之洞、梁启超、盛宣怀等的大头捐款。李超琼以"附名《时务报》局的身份"襄助 100 元，毫无疑问体现了他对新式洋务的热情。

除此之外，李超琼还为苏学会找过开办场所。苏学会是戊戌变法前维新派组织的一个团体，光绪二十三年，由章锤、张一唐、孔昭晋等人在苏州发起。它的立会宗旨有 3 条：讲习以振兴人才，为学堂开设张本；中学为主、西学为辅，中学包罗西学；以学问为宗，不议朝政。苏学会最初选址于苏州"旧学前文丞相祠"，李超琼功不可没。另外还有经费的筹集，李超琼不仅找了当时的苏省最高行政长官，"力陈中西学堂之宜增建"，还与当时粮道兼理苏关陆元鼎发生不小的冲突，目的都是要银子，筹集苏学会的开办经费。

由此，一个热心新式洋务的开明知县形象终于被世人知晓，当然也被李超琼的上级行政长官知悉。在戊戌变法即将到来的时代，这样的形象毫无疑问是可以帮长官给知县李超琼加分的。

光绪二十四年（1898 年），也就是戊戌年，江阴县知县葛培义因病请假，苏省抚藩让一个叫陈其寿的官员暂行代理县事。本来是过渡之举，谁知接下来葛培义病故，苏省高层突然决定元和令李超琼调署江阴，而官场背景强大的陈其寿出局。

事实上之所以有如此变故，和李超琼热心新式洋务的开明知县形象不无关系。另外还有时局倒逼：就在李超琼履新之前，湖北沙市发生严重涉外冲突，而江阴差不多处在长江入海口，是一块涉外冲突高发地。关于这一点，苏省巡抚奎俊在李超琼赴任前谆谆教诲：

……江阴地为江海冲而游兵散勇多窟穴于其地。近有沙市焚毁英、倭领事署及拆毁税关之事。各国使臣咸以沿江伏莽将次蠢动为总署告，电询谆切。莅任后须实力整顿、防患未萌为言。

知县李超琼听了，频频点头，仿佛对解决涉外冲突胸有成竹，一切都无须忧惧。而上海的一份报纸在报道这一官场变动时是这样写的：

江阴县知县葛培义病故，所遗江阴县知县系繁疲难要缺，政繁责重，必须精明干练之员方足以资治理，查有元和县知县李超琼堪以调署。

李鸿章

光绪二十三年，李鸿章 74 岁。他这一年的心境似乎只能用"苍茫"一词来形容。

此前两年，因为甲午战败，他被解除任职达 25 年之久的直隶总督兼北洋大臣职务，在贤良寺幽居。这贤良寺位于东安门外的冰盏胡同，是由当年雍正时的怡贤亲王宅第改建而成。环境幽雅，却不失皇家气派。这似乎说明了李鸿章曾经位极人臣的荣光。即便投闲置散，也隐含东山再起的可能。

而贤良寺一直与政治高度关联。因为靠近紫禁城，地方上入觐的封疆大吏大多选择在此下榻。李鸿章再韬光养晦，也难以落一个清静。当然从表面上看，李鸿章还是向往出世生活的。他在贤良寺里阅读《庄子》一书，体认"天地与我并生，万物与我为一"的苍茫境界；他天天临摹唐怀仁《集王书圣教序》碑帖，以觉悟"空灵"之感。但是这样的散淡生活只延续了差不多一年时间，自光绪二十二年（1896 年）3 月中旬到 10 月初，古稀之年的李鸿章奉慈禧太后和光绪皇帝之命，出使欧美，先后访问俄国、德国、荷兰、比利时、法国、英国、美国和加拿大 8 国，行程 9 万多里。这是晚清像李鸿章这个层级的大员首次出国，睁眼看世界。

光绪二十二年（1896 年），离李鸿章生命结束只有 5 年时间，离清朝寿终正寝也只有 16 年时间。如果只争朝夕的话，一个王朝的颓势还有一丝扭转的可能。但李鸿章出国睁眼看世界，究竟看到了什么，在多大程度上可以有所作为，一切都还要对那一年的历史加以解密。

李鸿章第一个出使的国家是俄国。沙皇的加冕礼在这一年 5 月举行，俄国公使喀西尼唯恐李鸿章在此之前先去出访法、德等国，就早早跑到贤良寺拜晤李鸿章，和他商定访俄的具体路程：乘法国邮船从上海出发，穿越红海与苏伊士运河后，在埃及塞得港换乘俄国专门迎候的轮船，由地中海入黑海，在俄国港口城市敖德萨登岸，再乘车前往莫斯科。

对俄国访问的一个成果是订立《中俄密约》。俄国在当时的主要诉求是"借地修路"，借中国之地，修俄国之路。与此同时俄方提出"中俄结盟，对抗日本"的诱人条件。值此甲午战败后不久，清帝国上下对"中俄结盟，对抗日本"的新战略颇感兴趣，当然其中的陷阱也不可不防——俄国"借地修路"，所"借"之地归俄国所有，并可以派兵驻守。这个事关主权问题。但是李鸿章在条约签订前报告慈禧太后和光绪皇帝说："（沙皇）谓我国（俄国）地广人稀，断不侵占人尺寸地，中俄交情近加亲密，东省接路实为将来调兵捷速。中国有事亦便帮助，非仅利俄，华自办恐力不足。"

其实外交问题在一定程度上体现了当政者的格局与视野。在光绪二十二年（1896年）的清廷上下，几乎人人都对俄国抱有好感或者说幻想。张之洞就认为，从康熙皇帝与沙俄签订尼布楚条约以来，两国已经是有着200多年交往的"友好邻邦"了，而紫禁城里的慈禧太后和光绪皇帝看到即将签约的《中俄密约》条款后，可能觉得一切问题都迎刃而解了。

帝国权力场的心态，在光绪二十二年（1896年）前后达成了高度一致。外化到外交成果上，就是《中俄密约》的顺利签订。当然外交成果非此一项。对李鸿章来说，在德国拜会俾斯麦让他获益匪浅。事实上在这之前，李鸿章在国际上就有"中国的俾斯麦"之称。这次见到本尊，李鸿章向俾斯麦请教中国该如何改革、如何使中国强大等问题。俾斯麦给出的建议是，首先一点是不能反对朝廷，改革只有得到皇帝的支持，才能顺利进行。其次是改革只能以军队改革为基石，因为一个政权无论多保守多守旧，大多不会反对增强军队战斗力的改革。军队的强弱对政权的安危至关重要，所以

清
李寅
《雪岭盘车图》

整个改革可以从阻力最小的军队改革入手。

应该说，来自欧洲这样的常识教育对光绪二十二年（1896年）前后的清帝国是有意义的。两年后，在光绪皇帝指导下，戊戌变法爆发，此后袁世凯小站练兵，包括后来警察制度的引进，都说明欧风美雨的教化作用。

当然，对李鸿章来说，光绪二十二年（1896年）真正的重头戏还是在英国。当他头戴三眼花翎、身穿黄色马褂出现在英国伦敦街头时，英国民众给了他足够的尊重——纷纷脱帽致礼，欢迎这位尊贵的中国客人。但是李鸿章此访的一个重要任务——请求增加关税却没有在英国完成。因为早在1842年签订的《中英南京条约》里，中国就放弃了关税自主权。该条约里有关条款规定，清帝国对于英商进出口货物缴纳的税款，不能自行决定，要与英国商定。而光绪二十二年（1896年），帝国迫切要求增加关税是基于两个原因。一是此前长期执行的5%低关税导致了大量外国货物进入清帝国，形成倾销，从而阻碍了民族产业的发展。二是国家财政因此变得很紧张，入不敷出，亟须增加关税来解决帝国在刚刚签订的《马关条约》中赔偿日本2亿两白银问题。

尽管此前，李鸿章访问沙俄与德国时，两国都同意清帝国增加关税的提议，但是英国首相索尔兹伯里却明确拒绝了李鸿章的请求，这让李鸿章体会到"弱国无外交"的凉薄滋味。

在英国，李鸿章目击到的一切都让他深感震撼。在港口城市朴茨茅斯参观英国皇家海军演习时，李鸿章看到各舰船行列整肃，军容雄盛，不禁感慨万千："余在北洋，竭尽心思，糜尽财力，俨然自成一军。由今思之，岂直小巫见大巫之比哉？"

在伦敦，李鸿章参观了著名的英格兰银行，向银行主管和几位经理详细询问了银行业务的种种细节，以及银行与政府的关系问题。事实上，在当时伦敦已经是世界金融中心，而中国还没有一家国人创办的现代金融机构。李鸿章事后明白，两年前甲午战争爆发的时候，金融其实已经决定成败——战争爆发前，日本已经有千余家的银行和现代金融机构，中日两国政府在战争中的融资能力不可同日而语，甲午战争，清帝国根本不可能取胜。

当然，对于西方政治制度，李鸿章展现了审慎的态度。他参观英国国会上、下议院时，多看少说，或者只看不说。这里其实是有前车之鉴的。李鸿章的老友郭嵩焘，就在这上面翻了船，最终郁郁而终。大约 11 年前的 1877 年，清朝第一个驻外使臣郭嵩焘赴英国就任，并应总理衙门的要求，将自己从上海到伦敦途中 51 天 2 万多字的日记稍加整理润色，定名为《使西纪程》，抄寄一份给总理衙门。由于书中赞扬了法国和英国议会制度，从而引来朝野顽固守旧者一浪高过一浪的口诛笔伐。有人痛斥他"殆已中洋毒，无可采者"，也有人以郭嵩焘"有二心于英国，欲中国臣事之"为理由提出弹劾。虽然李鸿章对郭表示支持，但是慈禧还是向总理衙门下发了将此书毁版的谕旨。1890 年，被罢官归家已久的郭嵩焘病逝。有鉴于此，李鸿章在这方面当然不会重蹈覆辙。

如果以光绪二十三年为参照，李鸿章的欧风美雨教育于帝国并没有大益处。此后一年，戊戌变法发生，百日后夭折。李鸿章出任粤督期间，北方爆发义和团运动，英、法等国组成八国联军进行干涉，慈禧携光绪逃至西安，北方局势一片混乱。这已然是世纪之交了，中西方格局与视野之别几乎是地球人遭遇火星人。时局糜烂至此，湖广总督张之洞、两江总督刘坤一等人密议：一旦北京不保，太后与皇上死于非命，到时就共同推举李鸿章出任中国"总统"以主持大局。1900 年 6 月，八国联军入侵，清帝国宣布与各国进入战争状态。李鸿章重新被任命为直隶总督兼北洋大臣，主持与八国联军的和谈事宜。1901 年 1 月 15 日，李鸿章和庆亲王奕劻在"议和大纲"上签字。可"议和大纲"签字后，联军并没有撤军的迹象。各国的态度是：必须把赔款的数额定下来。李鸿章躺在病榻上边咳血边讨价还价———从一开始提出的 10 亿两白银降到 4 亿 5000 万两，分 39 年还清，年息 4 厘；4 亿 5000 万两，是对 4 亿 5000 万中国人所定的数字，"人均一两，以示侮辱"。李鸿章接受了这个侮辱。

1901 年 9 月 17 日，议和全权大臣李鸿章、奕劻与英、美、法、德、俄、日、意、奥、西、荷、比 11 国公使终于在《辛丑条约》上签字。李鸿章在签字回来后大口大口地吐血 —— "紫黑色，有大块""痰咳不支，饮食不进"，被诊断为胃血管破裂。《辛丑条约》签订两个月之后，李鸿章赍恨而终。弥留之际，他两眼"犹瞠视不瞑"。

李鸿章年轻的时候奉父命入京应试，作《入都》组诗。其中一首是：

丈夫只手把吴钩，意气高于百尺楼。

一万年来谁著史，三千里外欲封侯。

定须捷足随途骥，那有闲情逐野鸥。

笑指泸沟桥畔路，几人从此到瀛洲。

李鸿章签《辛丑条约》咳血之际作《临终诗》：

劳劳车马未离鞍，临事方知一死难。

三百年来伤国步，八千里外吊民残。

秋风宝剑孤臣泪，落日旌旗大将坛。

海外尘氛犹未息，诸君莫作等闲看。

一切人生际遇，当作如是观。而光绪二十三年，只不过是国运和李鸿章命运下行线的一个节点而已。

翁同龢

　　光绪二十三年，协办大学士，兼户部尚书翁同龢时时处处感觉到了一种“滞”。这一年他67岁。

　　在世人眼里，翁氏家族是响当当的天下第一名门望族，“一门四进士、一门三巡抚；父子大学士、父子尚书、父子帝师”。道、咸、同、光四朝，翁氏两代累任高官。翁同龢的父亲翁心存官至体仁阁大学士，后为同治帝师。翁同龢的仕途也是一顺百顺，咸丰六年（1856年），27岁的翁同龢中一甲一名进士，擢任翰林院修撰。同治四年（1865年），接替父业，入值弘德殿，为同治师傅，前后教读九载。同治病逝后，光绪继位，翁同龢被慈禧钦命入值毓庆宫，为光绪师傅。两代帝师，翁同龢于时势应该处处圆通纯熟的，怎么他会感觉到“滞”呢？

　　其实，十一年前的光绪十二年（1886年）1月3日，是翁同龢的心境由“通”转“滞”的拐点时刻：他由工部尚书调任户部尚书。帝国财政状况的不堪让他心事凝重，而光绪大婚前夕的太和门大火，毫无疑问刺激到了他，翁同龢对朝局或者说时局便隐隐有了不吉的念想。

火灾是在光绪十四年（1888 年）的一个深夜发生的。大火起时，翁同龢正在府上酣睡。因有仆人大呼"大内火起"，翁同龢忙起床驱车入左掖门去扑救，途中翁同龢发现与他同行的救火大军浩浩荡荡，竟达 7000 人之巨，包括士公贵族、军机大臣、内阁大学士、各部院尚书、侍郎、各旗副都统以及翰詹科首、军机章京、各部院衙门司员、各旗营侍卫章京等，另外还有神机营兵丁、步军统领衙门兵丁及护军官役都赶来了。起初，翁同龢还感觉如此浩浩荡荡的救火行动是不是小题大做了，人人争着给皇帝作秀，但到现场后才知道火灾的确凶猛，据事后度算大火"烧毁贞度门一座三楹，东库房门七楹、太和门一座七楹，又东库房七楹，昭德门一座三楹，共焚去二十七楹"。而关于这次火灾的详细情况，翁同龢也在他的日记里做了描述：

> 昨夜大风，五更止。平日早醒，是日独酣睡。仆猝呼余起，曰"大内火"，又曰"贞珠门"。急起，饭而登车驱车入，始知贞度门……由左掖门入，踏雪难行，至则门罩三间已落架，墙柱尚燃。余与福公、庆邸皆曰断火道，而莫之应也。门

之西曰皮库，东则茶库。皮库尚开门出灯笼，茶库扃尚严，而火已穿入矣，人未知也！余出太和门，观金水桥下水，凿冰一尺才得数寸水，机不得力。遂至朝房小坐，甫一刻，则火已透茶库，上太和门檐，趋视则一间四面皆烈焰矣，何其速哉！人力难施，水又短缺，须臾越而东，毁武备院毡库五间，又东焚昭德门。惟时撤昭德门东边屋，屋坚固不能动，锯之斧之仍拽不倒。于是传工匠撤尽东头两间，凡两时许始得将梁柁拽下，而被伤者近十人矣。火至昭德门，忽回旋不东突，撤屋者因下手，不然烬矣。余又至朝房坐。再往，火如故。未正驰回报，饭罢复入，屋已撤三间，火道已断，柱犹冒火，余烬仍熊熊。

灭火行动进行了两天才结束，翁同龢筋疲力尽。但接下来的时日，翁同龢发现自己才真正开始忙起来。他所在的户部要为这次火灾遭受的所有损失买单。光绪"大婚"所备的服饰和各种礼仪用品大多烧毁，需要重置；"三门"烧毁，需要重建。翁同龢算了一下，光采买物料、拉运车脚、匠夫工价并办买铜、锡、叶子、金等项例银就达235000余两，另外为激励人气，光绪皇帝下令，凡到场救火的王公贵族、军机大臣、内阁大学士、九卿暨翰詹科道官员，以及各旗副都统等官员分别"着加恩赏加一级"，或"着加恩赏加二级"。算下来户部总计需拨银25000余两奖给水会、匠人、兵丁等人员，另外修建火班房和添置消防器具也需拨银 13900 余两。翁同龢感觉这火烧的不是太和门，而是户部——区区一座木门着火，户部 30 万两银子没了，翁那叫一个心疼啊。

却是不能说。因为皇帝正恼羞成怒。还有一个多月就要大婚了，这火烧得不是时候。在私心里，翁同龢或许是希望光绪将婚期往后拖一拖的，因为光绪大婚没有五六百万两银子下不来。表面上看，从光绪十一年（1885 年）开始，帝国每年平均岁入 8300 余万两，岁出 7700 余万两，盈余约 600 万两，皇帝结个婚应该绰绰有余。但翁同龢知道，这 600 万两银子是纸面上的财富，当不得真的。因为用钱的地方太多，这其中海防额款、颐和园工程是两个大头。先说海防额款。帝国海军始创于光绪元年，始创之时，朝廷每年酌提粤海、潮州、闽海、浙海、山海等关洋税，及江苏、浙江、江西、福建、湖北、广东等省厘金，合计 400 万两，作为海防专款，分拨南北洋。这样算下来，北洋海防经费之款当有 200 万两。可李鸿章却老是抱怨不够，甚至公开说："户部所拨海防额款，本为搪塞之计……统计每年实解不过数十万。"李鸿章说的这个情况翁同龢也有难言之隐。首先，他接手户部时间不长，光绪十年（1884 年）前北洋海防经费的拨解虽由户部主持却与他无关；光绪十一年（1885 年）起北洋海防经费的拨解改为新成立的海军衙门主持，李鸿章叫苦，叫不到他头上。但公允而论，翁同龢却相信李

清
吴历
《陶圃松菊图》

鸿章所抱怨的大约不假。因为战争未起之时，帝国财政唯一可以删减的地方就是海防额款了。

光绪皇帝即位以后异事纷呈。自甲申战后，帝国流言四起，曰变曰破立者不绝于耳。光绪虽然刚刚成年，不谙世故，也屡屡在翁同龢耳边表达破旧立新之意。翁同龢的意思是："治大国如烹小鲜。何为重何为轻？火候为重，力道为轻。"他劝皇帝要韬光养晦，静待时日。

的确，世上事多有忌讳，明明是好事一桩，若是犯了忌讳，也会变成坏事的。虽然慈禧太后给光绪帝颁发了亲政懿旨，说："前因皇帝甫经亲政，决疑定策，不能不遇事提撕，勉允臣工之请训政数年。两年以来，皇帝几余典学，益臻精进，于军国大小事务，均能随时剖决，措置合宜，深宫甚为欣慰。明年正月，大婚礼成，应即亲裁大政，以慰天下臣民之望。"翁同龢却看出题外之意——光绪亲政那是万万急不得的。自同治朝以来，太后垂帘听政却稳操权柄，仿佛一个吸了多年鸦片之人，权力之瘾说戒就能戒？翁同龢自是不信。而当下最紧要关头，则是防止急躁冒进之徒以献策为名上治国策，以收名利双收之效，但说到底却是误国之最大祸患。那些日子，翁同龢惊闻东北皇家祖陵山崩千余丈，便担心会被有心人加以利用，以作为"极言时危，请速变法"的凭证。果不其然，南海布衣康有为就洋洋洒洒上写万言书，试图有所作为。

在翁同龢看来，光绪二十一年（1895 年），康有为到京之后，试图交结的多为朝中重臣：工部尚书潘祖荫、吏部尚书徐桐、曾国藩的长子曾纪泽以及国子监祭酒盛昱，等等。一个不第举人，如此热衷联络官场中人，这不免引起他的注意。起初，翁同龢以为布衣康有为定会四处碰壁的，却不料其他人等除徐桐之外，都与康有为见了面。有些做深入之谈，有些更引为知己。麻烦的一点还在于，多事的盛昱竟然将康有为的惹祸文章转到他翁同龢手上，试图让皇上革旧维新，励精图治。翁同龢一方面在心里批评康有为多事，盛昱不懂政治，一方面也为每况愈下的时局忧心忡忡。毕竟都是局中人，避而不谈时局并非就可以避祸的。

自光绪九年（1883 年）12 月中法战争爆发以来，帝国变得日益不堪。政府承认法国与越南订立的条约；同意在中越边境开埠通商；声明中国自北越撤兵，调回边界。马尾海战，福建水师舰船被击沉七艘，官兵伤亡 700 多人。马尾船厂亦被毁于一旦。光绪十一年（1885 年），帝国和日本签订《天津会议专条》，规定自"甲申政变"后中日两国同时从朝鲜撤兵；日后朝鲜若有变乱或重大事件，两国或一国派兵，彼此应先行知照，事定仍即撤回。帝国在朝鲜长达千余年的特殊地位被日本国染指了。翁同龢悲愤莫名。而就在同一年，李鸿章和法国人签订《中法会订越南条约》。承认法国对越南的"保护权";中国日后建筑铁路应向法国商办。自此,帝国西南门户洞开。翁同龢觉得,李鸿章之有罪,此又一明证也。而要命的同样在这一年,帝国栋梁左宗棠过世了。左宗棠生前设马尾造船厂,制造轮船;讨伐阿古柏侵略军,收复天山南北各地以及抗击法国侵略者,居功至伟。关键是此公蛮有意思,死前曾自作挽联。庄严、幽默俱在,出世、入世两全。上联曰:"慨此日骑鲸西去,七尺躯委残芳草,满腔血洒向空林。问谁来歌蒿歌薤,鼓琵琶冢畔,挂宝剑枝头,凭吊松楸魂魄,奋激千秋。纵教黄土埋予,应呼雄鬼。"下联是:"倘他年化鹤东归,一瓣香祝成本性,十分月现出金身。愿从此为樵为渔,访鹿友山中,订鸥盟水上,消磨锦绣心肠,逍遥半世。惟恐苍天负我,再作劳人。"

翁同龢最佩服左宗棠的一点是他有直名。当李鸿章在天津与法国人签订《中法会订越南条约》时,左宗棠大骂道"对中国而言,十个法国将军,也比不上一个李鸿章坏事",还说"李鸿章误尽苍生,将落个千古骂名"。翁同龢听了,或许真是心有戚戚焉。可惜现如今栋梁不在,帝国还能安然无恙乎?翁同龢不敢深想。

当然,对光绪二十一年(1895年)的翁同龢来说,最主要的事情是如何处理康有为的"万言书"。作为一个无功名者,康有为有一个途径是可以达到上书目的的。那就是取得同乡京官的印结,也就是同乡京官出具的有关康氏身世的证明。或许是康有为的同乡京官都不敢惹是生非，不愿为其出具证明，康有为才让盛昱通过私人途径将这份"万言书"转交到翁同龢手里，希望通过他以达天听。翁同龢自然不想惹这个麻烦，唯独顾虑盛昱不知深浅，将此事嚷嚷出去，自取祸患不说，还殃及池鱼。便在私人日记里写道："盛伯羲（盛昱）以康祖诒（康有为）封事一件来，欲成均代递，然语太讦直，无益，只生衅耳，决许覆谢之。"以为日后交代。

就在翁同龢将退未退康有为"万言书"之时，康有为却按捺不住自己心绪，直接找上门去了。翁同龢从门房处得知，此人初称布衣，继称荫监，号称康国器之侄孙，显得很不诚实，当下就看轻了他，拒绝一见。其实，翁同龢对这"万言书"还是相当的看好。在退还给康有为之前，他贵为帝师，竟然悄悄地在书房里紧闭门窗对此件做了详细摘抄，不少段落甚至是一字不漏地誊录。比如其中一段："日本崎岖小岛，近者君臣变法兴治，十余年间，百废俱举，南灭琉球，北辟虾夷，欧洲大国，睨而莫敢伺，况以中国地方之大，物产之盛，人民之众，二帝、三王所传，礼治之美，列圣所缔构，人心之固，加以皇太后、皇上仁明之德，何弱不振哉？臣谓变法则治可立待也。"还比如："今上下否塞极矣。譬患咽喉，饮食不下导，气血不上达，则身命可危，知其害而反之，在通之而已。古者君臣有坐论之礼，《大学》之美文王曰'与国人交'，《诗》曰：

'呦呦鹿鸣，食野之苹，我有嘉宾，鼓瑟吹笙。'言恳诚发乎中礼，群臣若嘉宾，故群臣尽心，下情既亲，无不上达，则奸消弊缩，虽欲不治，何可得哉？通之之道，在霁威严之尊，去堂陛之隔，使臣下人人得尽其言于前，天下人人得献其才于上。"翁同龢都抄得格外认真，以为存档，也为日后借鉴。时局如雾，谁都不敢担保当前局面会永远维系下去的。事实上也维系不下去了。翁同龢或许觉得，眼下不变法不等于将来不变法。太后一旦放权，国内外事机、事态相继促发的话，帝国变法怕也是题中应有之义了。到那时，这个叫康有为的年轻人或许可以派上用场。只愿他届时会成熟一些，不似今日这般冒失毛躁。

翁同龢将"万言书"悄悄誊录之后，就嘱盛昱退还给康有为，余不多言。

光绪二十三年，翁同龢回首人生往事，觉得自己首先还是个仕途中人。光绪元年（1875年），他任刑部右侍郎。光绪二年（1876年），任刑部尚书。光绪八年（1882年），出任军机大臣。光绪十年（1884年），法越事起，翁同龢主张一面进兵，一面与议。仕途上他加太子太保，赐双眼花翎、紫缰。光绪二十年（1894年），翁同龢再任军机大臣，深得光绪帝信任，直至光绪二十三年，以协办大学士，兼任户部尚书。

但是光绪二十四年（1898 年），戊戌变法开始后，翁同龢每于皇帝召对咨询时事时，任意可否，喜怒见于形色，在变法失败后被革职，永不叙用。此后，光绪三十年（1904 年），翁同龢在家中去世，享年 75 岁。

因此从光绪二十三年的时间坐标去看翁同龢，几乎可以说是他的仕途人生巅峰期。但是大时代巨变蜂拥而来，翁同龢的衰落几乎呼之欲出了。

当然，如果从光绪二十三年开始回忆，翁同龢的仕途亮点也还色彩斑斓：平反杨乃武与小白菜的冤假错案；支持盛宣怀等创办中国第一家自办银行（中国通商银行），由户部拨 100 万两"生息官款"存于中国通商银行，实际上也成为开办伊始的中国通商银行的最初营运资金；举荐康、梁等维新人才，亲自草拟《明定国是诏》。如果要盖棺论定，翁同龢或许觉得自己还无愧此生吧。

光绪二十三年，翁同龢也还是一个书法家。生活不只是由政治组成，艺术也还是曾经的状元郎翁同龢的精神寄托。在时光的浸淫中，翁同龢先后从欧、褚、柳、赵书法中习得瘦劲，从颜体中习得浑厚，在北碑中领悟"平淡中见精神"的意境。翁同龢博采众长的目的不是为了成为一个名噪一时的书法家，而是他选择了这样的方式去与紧张的时代缓解关系。

作为两朝帝师，翁同龢对时代或者说时局也有力所不逮的地方。教出来的学生皇帝，掌控不了时局，他自己也最终被淘汰出局。说到底，光绪二十三年的翁同龢，即便能悟透生前身后事，但也只能像漩涡里的落叶，无法左右前进后退的方向。

光绪二十三年的山野古镇

光绪二十三年的人间烟火里，有变，也有亘古不变。时移世易中，山野古镇的天地之美、人情风俗之美却是恒常的。

山　野

一个人有一个人的灵气，一座山有一座山的灵气。或者更准确地说，一座峡谷有一座峡谷的灵气。在山野之美中，时间坐标可以忽略不计。

江南青田县的仙峡谷，在光绪二十三年依旧气象万千。造化将山水文章做到极致，山民们无以名之，感叹此谷不应人间有，宛如天上人间，便取名仙峡谷。这是小城山民的野趣，也是他们的古拙。就像乡村里的一个地名——猫输田。外人乍一听，那是三天三夜明白不了的。其实个中自有掌故。这个掌故是山民们的共同秘密，

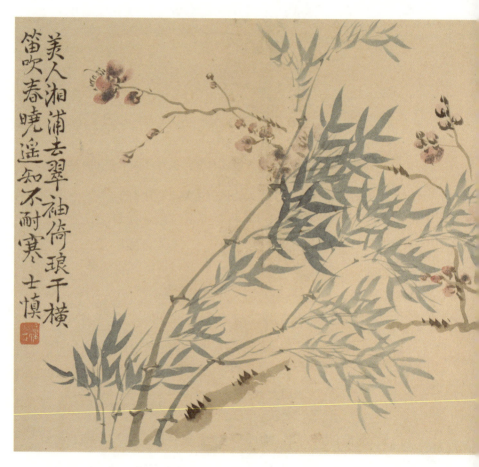

美人湘浦去翠袖倚琅玕横
笛吹春晓遥知不耐寒 士慎

清　汪士慎　《花卉山水图册页》1

清　汪士慎　《花卉山水图册页》2

茶余饭后的集体谈资。山之野趣与人之清欢，都交相辉映在小小的地名里了。

仙峡谷也是如此。峡谷中天然池潭在百个以上。水是绿得让人忍不住想哭，清得忍不住想喝。潭中鱼可百许头，皆若空游无所依。柳宗元的当年游记，仿佛就为这座峡谷量身定做。峡谷中，天是蓝得让人忍不住要融化，岩石也是极尽奇崛之美。造化天工，鬼斧神工。

有人说，人的一生，就是一场修行。其实对于仙峡谷而言，这修行的气场可大了去了。的确，山谷也有修行的。和人的百年修行不同，山谷的修行是属于亿万年级别。所谓沧海桑田，种种自然之美最终都是靠时间熬出来的。山谷之悟性，山谷之砥砺，种种断臂求生，种种凤凰涅槃，都是要靠时间熬到最后，才能惊艳人世间的。无论是在光绪二十三年，还是在其他什么时候，遭遇仙峡谷的人第一个感觉或许就是五个字——造化钟灵秀。

仙峡谷的美，是立体沧桑之美。她美在树、美在云、美在湖、美在瀑布、美在岩石，在她身上，任何单一的美拿出来，都能让人啧啧称赞，但也仅此而已。因为那些树、云、湖、瀑布、岩石，在别的地方也能见到。仙峡谷的独特之处是，这所有种种的美，她都在自己的身上体现出来了。这是亿万年的修行之后，才能做到的有容乃大。看仙峡谷的茂林修竹、群峰峥嵘、怪石林立、沟谷幽静、潺潺流水、飞泉瀑布、云海变幻，其实就是看一个山谷修行圆满的过程。

当然对山谷而言，修行的基本功还是她身上的树。仙峡谷四周悬崖峭壁，景色优美，森林覆盖率 95% 以上。其间的瀑布美则美矣，但如果没有竹林环绕，形成移步换景之奇效的话，到底还是呆板了些。仙峡谷上，竹海、林海、针阔混交林、古松等随处可见，或为点缀，或自成风景，并且在仙峡谷奇独的云海、日落、长虹、冰挂等天象景观上扮演重要角色，这是仙峡谷的树之伟大。她们让这座山谷变得空气清新，富含负氧离子，让山与人之间的接触越来越零距离。在这个意义上说，无论是在光绪二十三年，还是在其他什么时候，仙峡谷的树都是有温度的。她柔软、感性，有时又刚强、理性，充满了哲学的思考。仙峡谷的树是跌入人间的精灵，懂人情世故，懂人文关怀。可以说没有树，就没有仙峡谷，没有仙峡谷的亿万年修行。其实仔细一想，道理很简单，山为树之本，树为山之表。一座光秃秃的山，没有一棵树的话，只能叫石头山吧。既为石头，也就不可能演绎云海、日落、长虹、雪景等人间美景——树是人类情感的永恒寄托，因为她有春华秋实，有生生死死，有千百年之后不断循环往复的轮回变迁，这才是仙峡谷树木独特生命力之所在！

香浣月華氣光
搖玉梅寒
巢林

清　汪士慎　《花卉山水图册页》3

清　汪士慎　《花卉山水图册页》4

古 镇

光绪二十三年的碧湖古镇，依旧充满了人间烟火气。这个古镇位于浙江丽水，是江南古镇的集大成者。镇其实是集市，是市井。赶集是丽水小镇生活的一个个节点，它串起了小镇人家的生活情趣。"市廛多少着忙客，柳岸白鸥闲自飞""上市鱼虾贱，堆盘橘柚香""遥知碧湖畔，晚市暗戎戎"，这是清代诗人歌咏碧湖集市的诗词。碧湖镇旧时只有两条商业街：内汤街（里汤街）和人民街（上街、下街）。但是酒坊、酱坊、糖坊、染坊、豆腐坊以及衣服、布类、鞋类等穿戴商品应有尽有，摩肩接踵间，江南小镇的生活情态活力呈现。

任何一个镇子，年头久了，都有望族。古镇望族，比拼的不仅仅是财富，也是世道人心或者说家族礼仪。望族过的是日子，其实过的也是心气劲儿。小小碧湖镇，细细长长的上街与下街，沈家与汤家有滋有味、别着劲儿地活着。寡淡的日子因为这股劲头，开始有了期待，有了后劲。

碧湖汤氏，曾经盛极一时。如果从光绪二十三年开始回忆，南宋初期，一个叫汤转的人从云和汤侯门迁居碧湖上街银杏树下，从而成为碧湖上街始迁祖。在明朝，汤姓在碧湖形成大姓望族，曾有

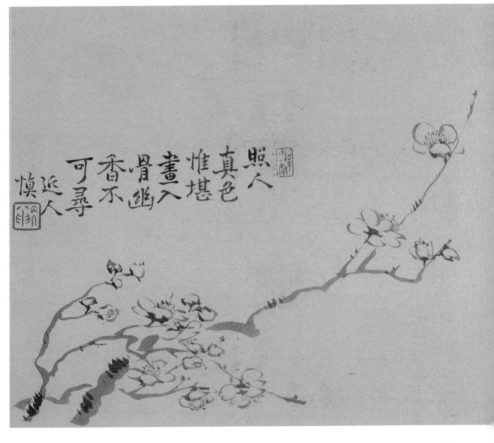

照人真色惟堪畫入骨幽香不可尋
近人
慎

清　汪士慎　《花卉山水图册页》5

清　汪士慎　《花卉山水图册页》6

汤祠"半条街"之称，而碧湖也曾建有"上街汤祠、行基汤祠、下街狮子头汤祠"三大汤祠，人口有数千人之多。现在，如果遐想当年繁盛，依稀可从位于井宫巷的汤氏宗祠窥得一斑。该祠壁挂汤思退、汤硕、汤颖画像，柱题祠联："祖宗功德累累百世丕显，儿孙继述绵绵万古无疆。"而汤氏祖先汤思退（1117 年～1164 年），曾经官至尚书左仆射（中书丞相），封岐国公，赐第处州郡城，地位之显赫，不是一般人可以企及的。

碧湖沈氏，是清雍正年间为躲避战乱从福建迁徙过来的，由于擅长经商，经过几代人的努力，拥有广裕百货、广和食品、广兴绸布、广盛纸业等 20 多家商号店铺，成为碧湖镇首屈一指的商界大亨。碧湖上街卫生巷 5 号"沈家邸"，原为汤氏祖居。相传汤氏族人为了偿还官司债务，不得已将该祖屋大部分出卖给碧湖商贾沈氏。时移世易的消息，其实在小小一栋建筑的流转中就体现出来了。

比较汤氏宗祠的曾经芳华，位于碧湖人民街 72 号的沈氏宗祠，占地面积约 780 平方米，是碧湖现存最古老、规模最大的宗祠。它建于清同治前后，在光绪二十三年时，建筑高深，构造严谨，用材粗犷，做工精细，不仅是沈氏宗族祭祀祖先、商议族事的主要场所，也见证了沈家更胜一筹的结局。

当然在碧湖古镇，最恒久最重要的存在还是黎民百姓。无论是

瘦倚吟邊竹寒低月下簫
巢林

清　汪士慎　《花卉山水图册页》7

清　汪士慎　《花卉山水图册页》8

在光绪二十三年，还是在其他什么时候，他们不会把日子过成诗与远方，但他们将日子过成了真正的日子。

下辑 | 世事流变

前 200 年

光绪二十三年之前的 200 年，是公元 1697 年，康熙三十六年，系丁丑年（牛年）。

这一年康熙皇帝 43 岁，距离他 14 岁亲政已经过去 29 年，在龙椅上还要坐 26 年。这一年大清帝国还似朝阳一般，在传统政治制度治理下蒸蒸日上。3 月，康熙皇帝亲自出征，噶尔丹众叛亲离，走投无路，被迫自杀；6 月，哈密维吾尔首领额贝都拉助清廷平定噶尔丹叛乱有功，被册封为"一等札萨克达尔汗"，其部被编为蒙古镶红回旗，爵位世袭；而德国著名哲学家和数学家莱布尼茨在这一年写出了《中国近事》一书，主张欧洲人学习中国的实用哲学、开展欧洲文化与东方文化的交流。这从一个侧面佐证了帝国的强大。

一

在王朝起承转合的"起"里，一切从头说康熙。

其实，对于一个帝王来说，生命的质量或者说奔放程度是很难量化的。寿命的长短貌似是一个指征，但事实上并非如此。历史上多尸位素餐的皇帝，他们活得再长久，也只是行尸走肉。

所以，需要的是活力。

是怒放的生命。以及怒放生命背后对自身的体察，对世事的包容。

康熙亲政之后，从康熙十年（1671 年）到康熙六十一年（1722 年）的 51 年间，他在全国"暴走"了 150 多次，6 次南巡，里程难以计数，终于成为史上最强的皇帝。也是个"在路上"的皇帝。

康熙一直在路上。当然万事都有起点，特别是对南巡这样的大事件来说，康熙的第一次尤为重要。那是康熙二十三年（1684 年）。这一年，他的心情很好。因为就在两年前，康熙平三藩，一年前，收复台湾。帝国顿时风平浪静、四面凯歌。人生在突然间失去了目标，康熙便有些空虚，可这个国家又是无与伦比的大，他接下来产生了行走的冲动。

70

清
黄慎
《雄鸡图》

当然，从冲动到现实，需要人事的依托。有两个人促成了康熙生命中的奔走之举。

　　翰林院编修曹禾和吏科掌印给事中王承祖。

　　此二人以为，盛世需行走。盛世之君尤需行走。走出去看一看，才能看到天下之大美无言，看到一个王朝的风调雨顺、五谷丰登。

　　那么康熙走过哪里，又看到些什么呢？事实上从历史的记载来看，他的行走首先是一次人文行走。康熙来到泰山，到泰山极顶"孔子小天下处"体味"天下在眼中"的意境；他渡过黄河、渡过长江，目击两大文明的渐次更替与此消彼长；随后他来到江南，在金山、焦山以及苏州虎丘看江南草长莺飞、柔顺可人……这些行走毫无疑问丰满了康熙的人生经验，但康熙却不满足于此。因为他的行走不是肤浅的、平面的，而是深刻的、立体的、是让现实向历史致意的。康熙在过苏州虎丘等地后，专程来到江宁，祭奠明孝陵，并写下《过金陵论》一文，与已故的明君探讨王朝得失的政治智慧和为人君者的酸甜苦辣；康熙还走到曲阜，致敬孔庙，游孔林，向孔子像行三跪九叩大礼，并且在诗礼堂听监生孔尚任讲经。康熙对中华文明渊薮的顶礼膜拜毫无疑问表达了一个帝王的价值取向与学习趣味。作为一个学习型的皇帝，康熙在这方面应该说是身体力行的，不仅仅做个姿态而已。

当然，要是细心考究的话，康熙6次南巡还有很强的政治意味在里头。康熙首次南巡时没有带皇子随行，从第2次开始，他就有意带皇子们出来走走看看，一方面丰富他们的人生阅历，另一方面也有从中考察他们素质、能力与人品的意思。康熙二十八年（1689年）正月，康熙第2次南巡。他只带了皇长子胤禔随行，皇太子胤礽和诸皇子只能在康熙结束南巡后跑到天津码头去接驾；第三次南巡时康熙带的皇子比较多，除了皇长子胤禔外，还有皇三子胤祉、皇五子胤祺、皇八子胤禩、皇十三子胤祥、皇十四子胤祯。皇太子胤礽仍旧没有随行。直到康熙第四次南巡时，皇太子胤礽才有机会跟着父亲出去走一走。但他的运气似乎格外不好，刚走到德州就生了一场大病，趴半道上了，搞得康熙兴致大减，只得临时决定先回京再说。这样的遭遇体现在立储问题上，康熙也是矛盾重重。皇太子立了再废、废了再立，立了又废，二立二废中，皇权政治在一路行走里隐晦曲折地表达出来，其中深意大可玩味。

皇权政治是一方面，官场政治则是另一方面。在康熙历次南巡过程中，大清官场的政治生态也体现得淋漓尽致，负责接待的地方官员与康熙之间形成了事实上的猫与老鼠的游戏，双方的互动或者说博弈于无声处听惊雷，很微妙，有时也很暴力。江宁巡抚宋荦因为3次接驾有功，康熙称赞他"尔做官好"；曹寅因4次接驾有功，又个人捐银5万两修建康熙行宫，受封为通政使衔。与此相反，江宁知府陈鹏年因为对接待工作出工不出力，在康熙四十四年（1705年）被夺官，最后进了武英殿当一个修书的小编辑，了此残生。

但是康熙的驭臣之道并非赏罚分明这么简单。有时候官员们工作做过头了，也会挨批。康熙二十八年（1689年），康熙南巡到江宁，见玄武湖中摆放了很多豪华彩船欢迎他，很有浪费民力的嫌疑，康熙就语重心长地批评两江总督傅拉塔，要他爱惜民力，不要一味逢迎。傅拉塔当然是比窦娥还冤：凭什么曹寅捐银五万两可以青云直上，而他却费力不讨好?! 只是这样的"冤情"他没处说去。作为康熙的领导艺术，要的就是手下官员们永远战战兢兢、如履薄冰。所谓圣心不可测也。

康熙除了南巡，另外还有北狩。从某一个方面来说，北狩比南巡更能体现其生命的怒放和意识觉醒。康熙二十年（1681年），康熙在塞外设立木兰围场。这个围场面积不是一般的大，那是相当的大。南北达200余里，东西长300余里，是比一座大山还来得庞大的野生动物栖息地。此后，康熙差不多每年五月就要离京去木兰围场打猎。毫无疑问，这是他的生命狂欢与硕果累积，因为每年都有所得。康熙五十八年（1719年），康熙惊喜地发现，自己的一生做了一件非常令他骄傲的事情："朕自幼至今，凡用鸟枪、弓矢获虎一百三十五、熊二十、豹二十五、猞猁狲十、麋十四、狼九十八、野猪一百三十二，哨获之鹿凡数百，其余围场内随便射获诸兽，不胜记矣。朕曾于一日内射兔三百一十八，若庸常人，毕世亦不能得此一日之数也。"（见《清会典事例》）一天之内射兔 318 只，这绝对是个骇人听闻的数字。虽然康熙围猎，帮手多多，一切都是水到渠成，但有如此成果，还是能说明这个帝王张扬的生命观和"我能我可以"的自信心态。

张扬和自信的其实不仅仅是康熙一人，而是整个王朝。为了弘扬八旗军的亮剑精神，康熙要求兵部下达文件，每年派兵 12000 名前往木兰围场轮训，重新体验生命的激情与丛林法则。最主要的，这种轮训不仅在官兵之间进行，康熙还将范围扩大到文职高官。《清实录》里记载说，"部院衙门官员，不谙骑射者多""行猎亦著一并派出，令其娴习骑射"。

于是，怒放的生命从一个人扩展到一群人身上。这个帝国的精英阶层人人居安思危，于盛世中不断挑战自己——发现目标，攻击目标。执行，没有任何借口。而猎场合围则体现了一种团队精神。《承德府志》中生动地描述了这样的场景：发现有熊虎等大型猛兽时，康熙先冲上去过把瘾，举枪或搭箭射击。如果不中，康熙闪，御前大臣顶上，进行追射；再不中的话，随围官兵入场，策马追杀，必欲除之而后快。如此，很少有野兽能全身而退的。

它们其实死在了一种精神之下。

这种精神，自晚明以来已经不复存在了，可康熙却将它重新召唤了回来。它首先是一种帝王精神，明朝万历皇帝懒于理政，20多年不去上班打卡，自个躲在后宫生闷气，大明朝的精气神到了他那儿，算是断了，而康熙御门听政，每天乐此不疲；木兰围猎，提升生命底气，帝王精神，自是气象万千。

其次，它还是一种同心精神。熊虎等大型猛兽出现时，康熙为什么敢先冲上去射击？就是因为他相信，他的身后有团队，他身后的团队是跟他同心同德的，是可以以性命托付的。从他而下到御前大臣，再到随围官兵，每个人都把自家性命托付给下一个团队链条，那些团队链条上值得信赖的生命体，这真是帝国最生动最有价值的部分。反观崇祯朝，崇祯帝一人不可谓不励精图治，宵衣旰食，试图挽狂澜于既倒，而他身后的团队，却个个束手旁观，甚至落井下石，以至于崇祯在煤山吊死之前悲愤地说出"文臣个个可杀"的话语。这应该说是同心精神的失落。熊虎等大型猛兽出现了，崇祯只能孤身一人冲上去射击。他的身后，站满了随时准备拔腿开溜甚至拿起石头要砸他的人儿，这样的末世情景，毫无疑问是令人伤感的。

所以，两相比较，可以得出结论：康熙是开风气之先的，以他张扬的生命态度。虽然他不是立世之君，但是开一代王朝万千气象，康熙无疑是做得最好的那一个。

二

一个在体能上完全超越自己的人，在精神上也不可能自甘堕落。这是一种相辅相成的关系。

曾经在康熙身边工作和战斗过的法国传教士白晋，在回国后献给法兰西皇帝的《康熙帝传》中，这样写康熙的人生趣味：

康熙皇帝不仅能够抑制住愤怒的情绪，而且对其他感情，尤其是最强烈地统治亚洲各国朝廷的情欲也能加以抑制。在中国从古至今始终把纵欲视为堕落行为，可是按照习俗又是允许的事情。在后宫里，处处散发着堕落的气息，供养着许多从全国最漂亮的美女中挑选出来的宫女，供君主任意挑选。这些宫女先献给皇上，否则不能出嫁，这是鞑靼人的风俗。君主如果对献上来的美女感到满意，即可留在身边，这些美女的父母则以此为莫大的荣耀。

这种堕落的习俗，损害了中国多少皇帝的身心健康，同时也是发生各种动乱的重要原因。这些中国皇帝只是听凭宦官或大臣们管理朝政，自己并不过问政事，深居后宫，沉溺于美女与酒色之中，一味寻欢作乐。

然而，现在统治着中华帝国的康熙帝，非但不沉溺于女色之中而且意识到必须采取一切办法加以摆脱。

两三年前，康熙皇帝巡视南京地区，驾幸南京市时，地方长官以贡品的形式献给皇上七个最漂亮的美女。皇上虽然收留了她们，但连看也不看一眼。几名宫内府官员利用与皇上接近之便，恭敬地推荐了可能使皇上动心的美女。从此以后，皇上对他们冷眼相待，并且把他们分别判处了不同的刑法。由此可见康熙皇帝对可能诱惑和腐蚀自己心灵的东西，是如何警惕啊。

的确，康熙的人生趣味迥异于寻常皇帝。他似乎是一个完美皇帝，对人类文明的成果有着超乎寻常的兴趣。他天生就是为学习而生的人。虽然顺治也爱好学习，但是和康熙相比，那就不是一个等级了。康熙五十四年（1715年）的一天，康熙与臣下大谈天文、地理、算法、声律之学，他手下的官员对他崇拜得如滔滔江水绵绵不绝，由衷赞叹："皇上天授，非人力可及。"

上天也真是给了康熙格外的任务。在一天射兔318只的基础上，又让康熙在精神层面上有所超越。现在，如果让我们从历史的字里行间仔细搜索，也许可以发现，康熙就是那种为奇迹而生的人。他在创造一切，以帝王之尊挑战人类的学习极限。康熙经验证明，关于知识或者说人类文明，其实可以这样拥有——

理学家。康熙的时代，是天崩地裂的时代。王朝更迭的速度之快，对世道人心的认知颠覆之快，都超出了时人以往的常规经验。出现了一股怀疑主义思潮。黄宗羲、顾炎武、王夫之等人开始著书立说，深刻怀疑程朱理学。事实上这种怀疑是致命的，致王朝的命。因为对三纲五常的怀疑特别是对"君为臣纲"理论的怀疑让康熙觉得，必须在全国上下统一思想，掀起一股人人爱理学、人人用理学的学习实践新高潮。当然最重要的一点是，他自己必须快速成为一个理学家。一个可以战胜一切的理学家。

康熙做到了，不仅在充电后成为一个理学家，还是一个有自己独立思考能力的理学家。比如在知与行的关系上，康熙创造性地提出自己的见解："毕竟行重，若不能行，知亦虚知耳。"这样的见解毫无疑问是对朱熹认识论的发扬光大。在对"格物致知"的看法上，康熙也有自己的独立见解。康熙通过学习西方文明和自然科学知识，将其与程朱理学融会贯通，竟然使自己成为一个朴素的唯物主义者。这是康熙的一个新发现，也是这个帝国的新发现。康熙这个新理学家意外地站在了时代前沿，看到了前人和他人看不到的风景，拥有了在这之前从未有过的认知世界的新眼光、新视界。

数学家。康熙是狂热的数学发烧友。康熙在他的执政生涯中曾经系统地学习过中西方数学知识，包括代数、三角、对数以及欧几里得的《几何原本》和巴蒂斯的《实用和理论几何学》。这是一种融会贯通的学习，也是学用结合的学习。因为学到后来朝臣们惊骇地发现，这个皇上简直是太神了，竟然会计算物体的面积和体积、河水的流速，还会测量纬度，甚至会观察天体运行，纠正钦天监的错误。这简直是数学家和天文学家的二合一啊！

地理学家。康熙是那个时代当之无愧的地理学家。他六次南巡，从康熙十六年（1677 年）开始常年出塞北狩以及数度征战，在当时的中国，没有人走得比他多，比他远。所以对地理学，康熙的感性认识是非常丰富的。与此同时，他也加强理论学习。《水经注》《洛阳伽蓝记》《徐霞客游记》等中国传统地理书籍以及《西方要纪》《坤舆全图》等西方地理知识都是他学习的对象。康熙还学以致用，经常带上钦天监官员和相关仪器，对所到之处进行天文地理的考察。康熙四十三年（1704 年），这位野心勃勃的皇帝兼地理学家还亲自派人对黄河源地理环境进行考察，考察完成后，康熙还写了一篇题为《星宿海》的考察报告，详细记录了黄河源的有关情况。此后不久，康熙还组织了一次考察。这次考察可以说是当时每个地理学家的梦想——进行全国地图的勘测。毫无疑问，这是一个浩大的工程，也几乎是一项不可能完成的任务。但是康熙完成了，用时 9 年。康熙旗下的测绘队走遍全中国，绘制了一幅"亚洲当时

清　上睿　《携琴访友图》

所有地图中最好的一份，而且比当时的所有欧洲地图都更好，更精确"（李约瑟语）。康熙将这幅全国地图命名为《皇舆全览图》。《皇舆全览图》不是一幅简单的中国地图，它在绘制过程中还有一个重大的发现，那就是在实践中证明了牛顿关于地球为椭圆形的理论。也许这功劳不能完全算在康熙头上，可要是没有他的大胆决策和远见卓识的话，这样的证明也是不可能实现的。所以作为一个地理学家，康熙对这个学科毫无疑问是有突出贡献的。

植物学家。植物学家康熙非常热爱植物，这种热爱首先来源于对农业的热爱。每年仲春，康熙都会来到先农坛推几趟耒，以向全国农人发出劝耕的倡议。为了把南方的水稻移植到北方，康熙还在中南海开辟试验区，进行早熟新稻种的培育。康熙五十三年（1714年），他的努力获得了成功，康熙牌早熟新稻种被命名为御稻米，这种稻米色红粒长，气香味浓，很有皇家气派，康熙决定从这一年开始向大江南北推广种植双季稻，以求一岁两熟。

对作为农业之本的水稻康熙如此用心也许有他政治层面上的考虑，但是作为植物学家，康熙热爱植物则完全是天性和兴趣使然，康熙一生重点研究过的植物有 20 多种，他对这些植物的产地、生长期以及性能、用途等都了如指掌。在康熙研究过的 20 多种植物中，亲自试种过的有 10 多种。康熙还将他的研究和体会命人编撰成书，取名为《广群芳谱》。

医学家。康熙对医学的研究也有自己的心得。他不仅懂养生之道，还了解人体解剖学。为了了解人体内部结构，康熙曾经命巴多明用满文翻译法国医学家皮理所著的《人体解剖学》，并将人体内脏的图例与中国医学上的有关记载做了对比，在他身边工作过的法国传教士张诚，在日记中就曾经这样写道："皇上在这次谈话中得知我们已经写出一些材料，放在我们书房里，他便派御前一个太监随我们去取。这份论述消化、营养、血液变化和循环的稿子，虽然尚待写完，但我们已经画出一些足以使人领会的图例。皇上仔细翻阅，特别是关于心、肺、内脏、血管等等部分，他还拿起稿子与一些汉文书籍上的有关记述相对比，认为两者颇为近似。"康熙还亲自当医生，给手下官员开方治病。康熙五十一年（1712 年），江南织造曹寅得了疟疾，康熙就令人给他送去金鸡纳服用。

三

一个人在人格上的修为其实很大程度上要看他对这个世界有没有悲悯心。康熙在体格上超越自己，在知识上丰满自己。降鳌拜、平三藩，收台湾，处事老练，进退有据，已然是完人气象了。

但是从修为层面上说，仅有这些还是不够的。因为以上所述都是功利性的东西，不错，康熙是在建功立业，但充其量也只是建功立业。一个人能不能成为一个大写的人，还要看他对这个世界有没有悲悯心、同情心。

这一点，康熙依然做到了。康熙十二年（1673年），他在一年之内发布了四道具有人本关怀色彩的谕旨。6月，康熙发布命令，禁止八旗包衣佐领下的奴仆随主人殉葬；8月，他又下令禁止主人逼死奴婢；9月，康熙发布命令，逃人在外娶妻所生的子女，如果已经聘嫁，不许拆散，使骨肉分离；10月，康熙下令禁止遗弃婴儿。虽然在现代社会，康熙所关心的这些内容已是人类文明的常识，但是在他那个时代，回到常识并不是一件轻而易举的事情。重要的是康熙有这个意识。于一片蒙昧之中率先觉悟并且身体力行，只能说是他的悲悯心在起作用。

类似的例子当然还有很多。同样是在康熙十二年（1673年），有一个姓朱的明朝遗族因为留发被抓，按大清律留头不留发，留发不留头，应当问斩。但是康熙却为其辩护，称这位姓朱的明朝遗族是一位普通百姓，没有知识，可免其一死；康熙三十七年（1698年）秋，康熙南巡山东，为了避免车驾践踏山海关农田里的庄稼，他命令取道塞外，避开山海关绕行山东。康熙的悲悯，其实就体现在他能够设身处地，知道稼穑的艰辛与民生疾苦。

当然，悲悯是多层次的，也是时时处处的。对弱势群体，康熙有悲悯心，同样，对他的手下臣工，康熙也有悲悯心。康熙每天御门听政，自己天不亮就起床，摸黑视朝，辛苦自不待言。可听说有些大臣因为居住地较远，每天三更就要早起，四五更到朝，康熙就决定变更朝见时间，向后顺延一小时，同时为了照顾那些年老的大臣，康熙特许他们可隔两三天前来启奏，而他自己，仍旧是每日认真听政。

前 150 年

光绪二十三年的前 150 年是 1747 年，系乾隆十二年，农历丁卯年。这一年皇帝 36 岁，正是年富力强的时候。如果按王朝的起承转合路线图看，乾隆承继了康熙良好的开局，并且顺势打造了康乾盛世的太平国度。

一

其实，两个盛世之君的因缘际会，来自康熙六十一年（1722年）的一场对视与致意。

那一年 5 月 1 日，也就是康熙皇帝生日前 3 天，这两个人见面了，在弘历父亲胤禛的刻意安排下。地点是圆明园。这是一个 69 岁男人与 12 岁男孩的第一次见面。虽然在血缘关系上他们是祖孙俩，但是康熙的孙子有几十个，他没有时间和心情一一目睹他们长大成人。康熙只和其中最优秀的若干个孙子有过亲密交流。对他来说，儿子辈已经够让他烦心的了，孙子辈的事情自有儿子辈去解决、协调。他要的只是一点亲情。如是而已。

只是很快，康熙就明白，自己这一次得到的，不仅是亲情。圆明园见面后不久，康熙下令将弘历养在宫中，并把避暑山庄自己居住的"万壑松风"赐给他住。如果说康熙的这个举动还逃不脱祖孙亲情的范畴的话，那接下来发生的一个非常事件则可以暴露出康熙对弘历政治上的期待。弘历随祖父康熙去木兰围场猎熊，后者有意安排他"初围得获熊之名"（《圆明园纪恩堂记》），当被打倒的熊突然站起来威胁弘历时，康熙又冒着危险亲自用火枪击毙了它。康熙事后对他人说，弘历的命很贵重，福分将会超过我的。

事实上类似的话说了不止一次。在到热河胤禛的狮子园进宴时，康熙就连称弘历的生母为"有福之人"。这话究竟是暗示胤禛为皇位继承人还是暗示在更远的将来，弘历可以成为大清朝的新皇帝，不好理解，但是毫无疑问，康熙对弘历在政治上有所期待是不言而喻的。

这似乎是一个人的直觉，但是直觉惊人地预见了事实。若干年后，弘历长大成人，成为乾隆皇帝，他的处世态度、执政理念包括治国业绩，都与康熙惊人地相似：执中而治，反对苛政，追求做一个完美的君主；在世俗的层面上展开一场精神炼狱，宽以待人，追求做一个完美的人；执政时间长达六十年以上，继往开来，开创盛世。所以在这个意义上，乾隆是康熙的山寨版，甚至是山寨升级版。在乾隆治下，帝国面积无与伦比的大，版图超过汉朝和唐朝，仅次于13世纪的蒙古帝国。帝国周边有几十个国家承认大清国对他们有宗主权。这是乾隆朝比康熙朝强的一个地方。另外一个强悍之处是在经济上。康熙朝留给雍正朝的库存现银只有800万两，而乾隆朝留给嘉庆朝的则有7000万两，是前者的近10倍，同时还有近3亿子民，远超康熙六十一年（1722年）的2500多万人口。虽然乾隆朝的人口暴增很大程度上是因为帝国版图扩大所导致的，两者不具备统计学上的比较意义，但毫无疑问，乾隆时期的大清国是一个大国。它向世界输出价值观（朝鲜、日本等国一直效法中国的价值理念与价值判断），却拒绝当时世界上其他国家与它平起平坐的任何可能。一般来说，能否向其他国家输出价值观，以及是否拥有数目庞大的附庸国，这是大国之所以成为大国的两大标志性符号，也是乾隆开创盛世的明证。

那么，乾隆开创盛世的明证，具体有哪些呢？

主持纂修《四库全书》。《四库全书》是乾隆集全国之力完成的一项规模浩大的文化工程。参与者前后数千人，时间长达10余年，这些文化界的精英们对各地图书典籍进行了一次全面系统地清理，选择重要的刻本、抄本，缮录采入《四库全书》。对汉文明来

待飼慕李畫吾心重念之茲如歉歲值

誰救小民飢獨我誠深懼諸臣顧共思

子興舉稷語應各慎攸司

偶詠宋人名流集藻畫冊中李迪雞

雛待飼圖惻然有懷於災壤飢民云

每救也固摹其畫而用題迪畫韻成

什命泐石以示為民父母之官題

李詩並書於左

儵雛如仰匍其母竟何之未解索塲

啄誰憐空腹飢展圖一覽炬觸目切

深思災壤民待哺慎哉羣有司

戊申仲秋上游潑筆

清
乾隆
《縟毛雞雛待飼圖》

说，这实在是继明《永乐大典》后功莫大焉的事情。事实上《四库全书》就是明《永乐大典》的精简版，只是这样的一件事情由一个皇帝牵头来做，又做得这样认真、费心费力，无论其动机还是最终达成的效果抑或这件事情本身就值得称道。

当然可以说是盛世之举。所谓盛世修书，乾隆也需要这样一项规模浩大的文化工程来对其盛世的确凿性加以证明，其实面子工程不面子工程并不重要，重要的是乾隆做了，留下了这么一份文化遗产。

诗人。准确地说应该是汉诗人。乾隆和康熙一样，勤奋好学，是多个领域的学者。也许方家还谈不上，比如说不能称他为文学家、语言学家、书法家和学者，但是"诗人"二字，乾隆还是可以担得起的。乾隆一生喜爱作诗。据统计他写的诗总计有4万多首。毫无疑问这是个惊人的数字，因为《全唐诗》所收的有唐一代2800多位诗人的作品，才49000多首，乾隆可谓以一人敌数千人，或者说他撑起了一个时代，起码在诗作数量上。也许我们可以质疑他写的4万多首诗的质量，甚至可以怀疑他是否请了枪手为其代劳，但我们不可以质疑的是他的诚心、热心，对汉文明的诚心、热心。毕竟一个人诗写得有多好是不可求的，但是能写多少却是可以追求的。乾隆说他"几务之暇，无他可娱，往往作诗"，又说"每天余时，或作书，或作画，而作诗最为常事，每天必作数首"。一

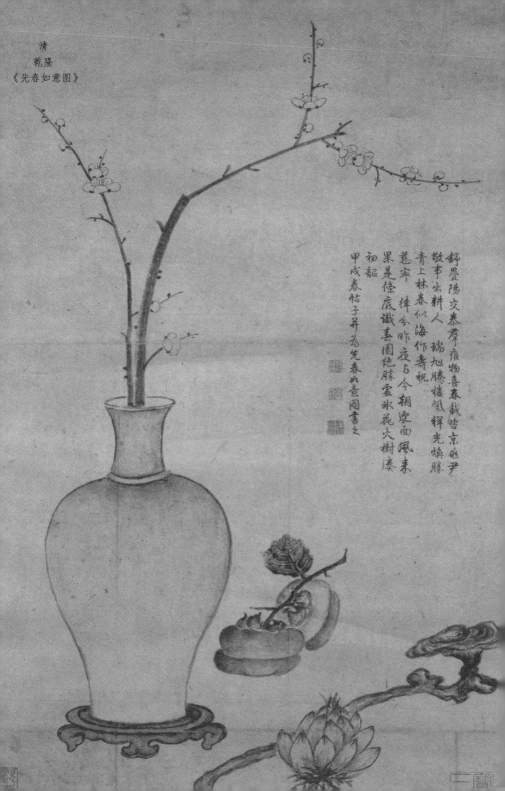

清
乾隆
《先春如意图》

个皇帝，对写诗如此孜孜以求，汉文明的魅力真是无坚不摧了。

除此之外，乾隆还是一个有名的文物收藏爱好者。清宫书画大多是他收藏的。一个每天临摹，自称最爱黄庭坚的书法爱好者，虽然他写的字与黄庭坚的字实在是谈不上形似，更别说神似了。从现在存世的乾隆书迹看，他的字虽然点画圆润均匀，结体婉转流畅，但是缺少变化和韵味，并无明显的成就，有评者称其"虽有承平之象，终少雄武之风"。但是乾隆对书法的热爱就像他对诗作的热爱一样，确实是疯狂的。因为喜爱王羲之的《快雪时晴帖》，乾隆在差不多50年的时间里，在这幅只有20多字的残简上写满了自己的题跋，总计达73处之多，完全淹没了王羲之的真迹，但是乾隆却不以为耻反以为荣，很有与名家融为一体的意思。

乾隆也许还是个三流的画家。虽然他的画跟字相比，水平又下了一个层次。不过乾隆的热爱依旧是真实的。他酷爱黄公望的《富春山居图》，具有讽刺意味的是，也许是鉴识水平太低，乾隆一直赏玩不已的《富春山居图》事实上是一幅假画，到后来黄公望的《富春山居图》真迹出现时，乾隆却依旧认假为真，每天捧着假画赏玩不已。在这幅假画上，乾隆先后题跋55处。那份热爱，依然虔诚。

可以这样说，乾隆对汉文明的热爱是全方位的，也是不伪饰的。这是一种文明对一个王者的征服。这样的征服出现在盛世，有

清
乾隆
《乾隆帝元宵行乐图》

其象征意义，也有内在的历史逻辑在起作用。乾隆终究逃不过这样的历史逻辑。他似乎也不想逃，而是沉醉其间，沉醉在先进文明的巨大覆盖里，不能自拔。

二

盛世修书，盛世也南巡。两者一静一动，构成了乾隆盛世的两大指征。

应该说，乾隆南巡首先是出于政治目的或者说政治考虑。关键词也许是这么几个。

稳定。明末清初，江浙一带的反清斗争是相当激烈的，至乾隆时，虽然表面上的斗争已经终止，但依旧有秘密组织或者说反清思想在活动，在传播。这既是乾隆大兴文字狱，实行诛心之治的主要原因和借口，也是他坚持六度南巡的目的所在。我们不妨来看一看乾隆6次南巡的时间表：乾隆十六年（1751 年）、乾隆二十二年（1757 年）、乾隆二十六年（1761 年）、乾隆三十年（1765 年）、乾隆四十五年（1780 年）、乾隆四十九年（1784 年），这6次南巡前后间隔时间33 年，覆盖了乾隆生命中最重要的时段，也覆盖了这个王朝最鼎盛的时期。因为差不多在乾隆中叶之后，帝国就高潮不再了。乾隆的南巡见证了帝国盛极而衰的历程，事实上也是盛极

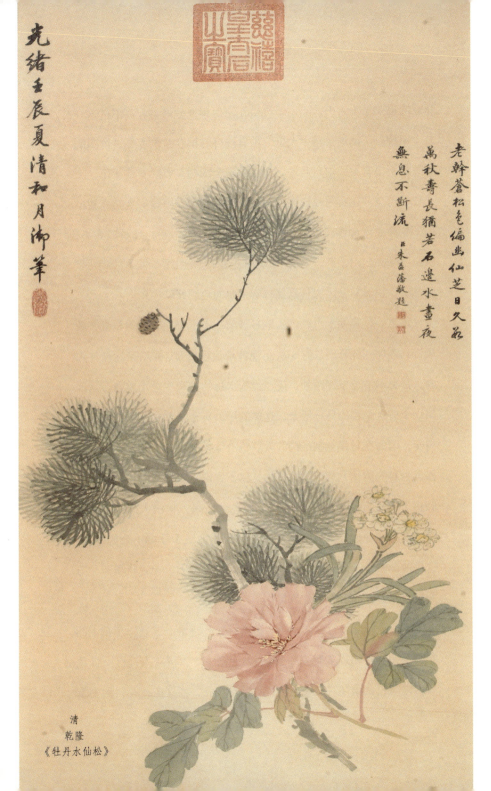

光緒壬辰夏清和月御筆

老幹蒼松色偏幽仙芝日久
萬秋壽長猶若石邊水晝夜
無息不斷流

臣朱益藩敬題

清
乾隆
《牡丹水仙松》

而衰的重要推手。

财政。江南地区富甲天下，是清政府的粮仓、聚宝盆。帝国的财政差不多有一半出自此地。江南稳则全国稳。乾隆6巡江南，除了政治自觉外还有财政自觉的考虑。这是乾隆朝财政安全的建构过程，乾隆在《御制南巡记》中说："予临御五十年，凡举二大事，一曰西师，二曰南巡。"在这里乾隆把南巡和他的"西师"武功相提并论，很显然是因为其南巡有着重要的政治经济意义。

水患。乾隆朝水患频仍，地方官员却借水患之机中饱私囊，政风日趋败坏。乾隆南巡时5次阅视黄淮治理工程，4次亲勘浙江海塘，并指示清理杭州西湖，还在治理水患的过程中惩治腐败，从而树立了盛世之君的良好形象。这样的形象实在是建构帝国新形象的需要。因为在封建专制结构的大清统治体系中，民众其实普遍有着盛世明君的集体无意识，这样的集体无意识是宣泄社会不公的一个假想出口或者说是减压路径。乾隆适时而来，走出大内，来到民间，高密度地推广自身亲民形象，象征性地减少社会不公的存在，这是他消解帝国政情民情信息不对称的一种努力。无论从哪一个方面来说，这样的努力都是值得称道的。

民心。乾隆推行诛心之治，也推行养心之治。这是一个帝王的左右手，乾隆知道如何左手握右手。在对文字和文人进行围歼之后，乾隆也会满怀对文明的敬意到曲阜祭孔，到文庙行礼，到书院

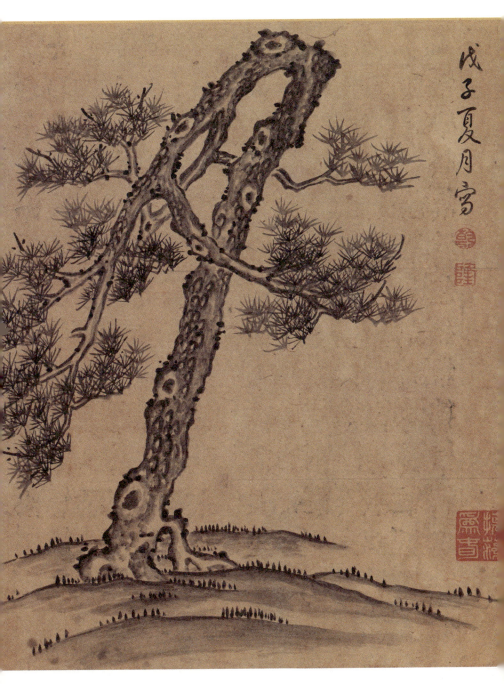

戊子夏月宫

清　乾隆　《松树图》

临视。当然，民心不仅仅是文心。帝国这么大，事情这么多，乾隆都要一一过问、解决。这是皇帝负责制的国度，但是皇帝和民众同时遭遇了信息不对称。真正知道信息的是庞大无比的官僚阶层，可这些人往往不能做到信息的上传下达。道理很简单，在信息不对称的时代，信息本身就是财富，掌握完全信息的官员们不可能贱卖信息，更不可能无偿赠送信息，所以乾隆必须走出来，了解民心，安抚民心，颁布体恤民情的法令。这些工作，他只有在路上才能完成。

乾隆除了南巡，还喜欢盖园子，所谓皇家园林。皇家园林出现在乾隆盛世毫无疑问是意味深长的。和南巡一样，园林其实也为乾隆起着证明的作用。这样的证明似乎更加触目惊心，更加可以传之后世。南巡和园林一动一静，动态的虽然当时轰轰烈烈，可最终走成了传说，走成了虚无缥缈；园林虽然是静态的，却是静得天长地久，静得栩栩如生，触之可及，触之可亲，触之肃然起敬。这是乾隆的一个理性选择。我们不妨来看一看以下的这些皇家宫殿园林：皇宫的宁寿宫及其花园、天坛祈年殿、清漪园（颐和园）、圆明园三园、静宜园（香山）、静明园（玉泉山）、避暑山庄暨外八庙和木兰围场等，这些华丽的建筑除了圆明园被八国联军焚毁外，其他的都将证明一个人及其王朝的自信、野心。

乾隆的自信、野心他自己也有归纳。那就是"十全老人"，人

清　乾隆　《缂丝仙山楼阁图》

世间九为至尊，所谓九五之尊，但乾隆是盛世之君。他要的不是九，而是十。乾隆自称"十全老人"，是因为他觉得自己一生完成了"十全武功"——发动了 10 次战争，这 10 次战争简单说来是指：1747 年：平大小金川；1755 年：平准噶尔部；1757 年：再平准部；1759 年：平回部；1769 年：平缅甸；1776 年：再平大小金川；1788 年：平台湾；1789 年：平越南；1791 年：平廓尔喀；1792 年：再平廓尔喀。

盛世的证明不可谓不广大精深了。

三

"起承转合"几个字，互相都有关联或者说因果关系。"承"与"转"，就是在岁月静好间静悄悄嬗变的。

乾隆六十年是 1795 年。这是 18 世纪的黄昏。在 21 年前，美国开始了独立战争；15 年前，美国科学院在波士顿成立；9 年前，瓦特改良蒸汽机，西方开始了工业革命；6 年前，华盛顿成为美国第一任总统；同年，法国爆发了资产阶级大革命，《人权宣言》问世。差不多在这样的背景之下，乾隆做了太上皇。

有一些迹象表明，乾隆有严重的权力崇拜症状。这位"千古一帝"在传位前表示："朕仰承慈眷，精神强固，未至倦勤。""归政

子曉玉販名珍好佛法贈
人又底為記乃稻光雲運
倡山作常雨剧来时尹回
香回嗅作唐會非色非空
那可拈使占朱稼紫菱伍
如行異類正巧嬗佛手柑
色似黃金初過火味如白
寒晚如酸本奴嫂謝子頤
富葉料置秀芽松言杏收
核刻鄆妻太費子年一蜜
待誰塔不如辰嘷歌果甫
又恨曾說壯士三桃子飛
雨漾：渾節空金丸緞：
滿江平楊家雅與梅家會
猶常心中一酸楊梅衣
染偏人味偏好魚檿五祿
有同山餘須粉奔輸南宗
鈃氏三蒜懷苜睆茄子

清　乾隆　《綢繡蔬果挂屏芯》

后凡遇军国大事及用人大端，岂能置之不问，当躬亲指教，嗣皇帝朝夕敬聆训谕，将来知所秉承，不致错失，岂非国家天下之大庆。""部院衙门并各省具题章疏及引见文武官员寻常事件，俱由嗣皇帝批阅，奏知朕办理。"（《高宗实录》）同年 12 月，乾隆帝又发出谕旨："朕于明年归政后，凡有缮奏事件，俱著书太上皇帝，其奏对著称太上皇。"（《高宗实录》）这样的权力切割与再分配模式清楚地表明，乾隆不仅没有放弃军事权和人事权，就连日常的行政运作乃至于公文批复（行政权）他也要"嗣皇帝……奏知朕办理"。

如此，嗣皇帝也就是嘉庆皇帝成了一个见习皇帝。一个没有独立政治见解、政治人格的符号皇帝。但是乾隆的强悍之处在于，即便如此他也要引进一个人，来制约嗣皇帝趁他老迈无力时有可能发动的篡党夺权之举。

这个人就是和珅。

和珅的出身很一般，文化程度不高，是秀才而不是举人，稍通文墨而已。乾隆三十四年（1769 年）时和珅只是个长得不错的三等侍卫，看不出在政治上有任何飞黄腾达的可能。但是 6 年之后，和珅先是升任御前侍卫和副都统，然后是户部侍郎兼军机大臣，兼内务府大臣，兼步军统领，兼北京崇文门税务监督。这都是些肥缺。乾隆似乎要把所有的好处都给他一个人，让和珅兼管财政、京畿军事防卫，并担任实际上的宰相；而崇文门税务监督确保和珅捞到足够的好处。随后，和珅爬过户部尚书、都统、内务府大臣、领侍卫内大臣、军机大臣、议政大臣、御前大臣、理藩院尚书、四库全书馆正总裁等职位，直达权力中枢。1790 年，和珅的儿子和乾隆最小的女儿结合了，由此，和珅成为和乾隆走得最近的人，从而构成了乾隆晚期权力隐三角中不可或缺的一角。

乾隆的良苦用心至此浮出水面——他对和珅所有的恩宠只是为了制衡嘉庆皇帝，确保自己太上皇的地位和最高权力不受侵蚀！

这是一个帝王的私心，毫无疑问，这样的私心对帝国来说极具危害性。最直接的一个损害是行政效率的下降，统治力大不如前。因为乾隆老了。乾隆六十年（1795 年），他已 85 岁。关于乾隆的老态，由清廷返国的朝鲜使者这样向他们的国王报告："太上皇容貌气力，不甚衰耄，而但善忘比剧。昨日之事，今日辄忘；早间所行，晚或不省，故侍御左右，眩于举行。"（吴晗《朝鲜李朝实录中的中国史料》）而乾隆六十年（1795 年）禅位后仅 7 天，波及面积达五省的白莲教大起义爆发，乾隆以老态龙钟之躯，领和珅嘉庆两个互有戒心之人，应对帝国猝然之变，其效率可想而知。可事实上此时的嘉庆皇帝 37 岁，正是年富力强一展身手的时候，乾隆却对他弃而不用，大权独揽，万事让和珅去办，而和珅名不正言不顺，又时时顾忌嘉庆皇帝对自己的看法，缩手缩脚，当断不断，致使白莲教大起义在 9 年之后才被弹压，耗银无数。

嘉庆元年（1796 年）正月的一天，一件得以洞悉乾隆私心的事情发生了。这一天，湖广总督毕沅给太上皇乾隆上疏，内有"仰副圣主宵旰勤求，上慰太上皇帝注盼捷音"的字句。这样的字句让乾隆龙颜大怒——嗣皇帝什么时候宵旰勤求了？一切还不都是他老人家在操劳吗？

权力隐三角一方面造成了权力运作过程中的空洞化和泡沫化，致使皇权的内阻力持续加大，另一方面也导致了贪腐盛行。这其实是权力三角模式的潜规则或者说副产品。表面上看，权力三角互相制约，可以克制权力高层的贪腐行为，但事实却正好相反。在这里，和珅和乾隆皇帝心照不宣地做了一个交易或者说赎买。可以说和珅的贪腐行动是得到乾隆默许的——非如此，和珅不可能豁出身家性命为其制衡嘉庆的蠢蠢欲动而奔前跑后。

和珅就这样成了盛世的蛀虫，在盛世之君乾隆的眼皮底下。与此同时，大大小小的蛀虫在帝国上上下下爬行，各种腐败大案层出不穷：

乾隆三十三年（1768 年），发生了两淮盐政高恒、普福和盐运使卢见曾贪污盐引案；

乾隆四十六年（1781 年），发生了前甘肃布政使王亶望等合伙贪污捐纳监生所交赈灾银两案；

乾隆四十七年（1782 年），发生了山东巡抚国泰、布政使于易简亏空国库案；

乾隆四十九年（1784年）和乾隆五十一年（1786年），发生了江西巡抚郝硕、闽浙总督伍拉纳、福建巡抚浦霖等勒索属员巨额银两案；

乾隆五十七年（1792年），发生了浙江巡抚福崧索贿、侵吞公款等案。

这真是上行下效的结果，也是和珅效应的大发酵。乾隆虽然大力弹压，可和珅不倒，榜样的力量是无穷的。乾隆所做的一切便收效甚微。这是乾隆困局。乾隆终其一生无法破局。在最高权力的诱惑面前，他终究不忍下手除去和珅，只将这世纪难题留给后来人。

盛世终于随之坍塌。

嘉庆四年（1799年）正月，乾隆带着对最高权力的无限眷恋与世长辞。5天之后，嘉庆帝动手。他下谕宣布，革和珅职，下狱问罪，抄没家产。史载，和珅被抄出来的家产包括：赤金元宝100个，每个重1000两，估银150万两，赤金580万两，估银8700万两，元宝银940万两，白银583万两，苏元银315万两，当铺75座，本银3000万两，玉器库两间，估银7000万两，地亩8000余顷，估银800万两。总值约达8亿两白银。

毫无疑问，这是那个已经远去的盛世的漏洞，大漏洞。只是盛世不再，漏洞无人能补。

前 100 年

清王朝起承转合中，真正的转折出现在嘉庆王朝。在嘉庆中衰的时移世易中，光绪二十三年的悲怆命运其实已被悄悄框定。如果从光绪二十三年上推 100 年的话，正是嘉庆二年（1797 年）。

不过，站在世界历史的背景上看，嘉庆王朝却还是欣欣向荣的，起码从表面上看是这样的。

嘉庆四年（1799 年），嘉庆亲政第一年，大清国的国内生产总值占全世界 GDP 的 44%，这是美国著名中国问题专家费正清教授在 20 世纪 30 年代的研究成果。

公元 1799 年是 18 世纪的最后一年，18 世纪毫无疑问是中国世纪。18 世纪的第一年是康熙三十九年（1700 年），在随后的整整 100 年中，康熙、雍正、乾隆这 3 个清朝最具影响力的皇帝不仅影响了中国，也影响了世界。所以当嘉庆皇帝在世纪之交成为这个大国新的领导人时，人们有理由相信，19 世纪也是中国世纪。

清　恽寿平　《花岛夕阳图》

因为基础太好了。此时大清国的人口已达 3 亿，到 19 世纪中叶，大清人口据统计竟达 4.3 亿（见徐中约《1600—2000：中国的奋斗》）。无论是从 GDP 还是人口总量的增长上，大清都是当时世界上无可争议的大国。

但是，一些微妙的迹象开始显现。嘉庆十二年（1807 年），美国发明了世界上第一艘轮船。嘉庆十九年（1814 年），英国发明火车机车。此后不久，世界上新发明的蒸汽机功率达 400 万匹马力，相当于 4000 万人的能力。而在当时的大清国，人力还是最主要的动力源。嘉庆二十五年（1820 年），嘉庆皇帝猝死那一年，英国一台机器纺纱机的生产力相当于当时大清国内手动纺车的 200 倍！一种南辕北辙的趋势已是显而易见。

嘉庆却看不到这一切，或者说看到了也装作看不见。事实上他正被国内众多的政治问题和经济问题所纠结，也被他自身守成、懦弱、勤奋、自怨自艾等多重矛盾性格所纠结。在清朝入关后的 10 个皇帝中，嘉庆排名第五。这是中点，在某种意义上也是终点，如果不有所作为特别是有所突破的话。其时，帝国的危机开始显现，一切需要大手笔、大气魄、大突破。但是嘉庆却"自念微才薄，难承锡命优""一己愚哀频战栗""自愧凡材何以报"，他在《十全纪实颂》中追述自己被宣布为太子时的心情："闻命之下，五内战兢。"这既是自谦，其实也是自卑。一个统治 3 亿多人口大国的国君，毫无治国的信心，更无突破陈规的治国理念与放眼世界的视野和胸怀，帝国的中衰至此已是呼之欲出了。

帝国在嘉庆手中没有中兴而是走向中衰，原因是遭遇了难题。嘉庆难题是世纪难题，也是中国难题。因为它不是寻常的中国式智慧可以突破的，特别是对嘉庆这样一个在乾隆的余荫下虽然有所作为却做不到有所突破的人君来说，更是如此。那些光荣的帝王已经随风而逝，他们似乎无所不能，开创一切，战胜一切，遇魔斩魔，遇佛弑佛，这是一种气质，也是一种能力。但是嘉庆不具备这样的气质和能力。他只是个平庸的守成之君，对付历朝沿袭、司空见惯的统治难题已是力不从心，更遑论世纪之变的世界难题了。嘉庆皇帝御国 25 年对他来说是且战且退的 25 年，当传说中那个宿命的惊雷（民间野史认为嘉庆皇帝是遭雷击而死）带走这个可怜的人君时，嘉庆帝的心情也许是释然的。

的确，对他来说，一切都结束了。但是对帝国来说，一切都不可能结束。一切都还在路上。这是帝国的尴尬与迷茫。它们历历在目，宛如伤花怒放，痛并鲜艳着。

一

嘉庆四年（1799 年）正月，乾隆太上皇与世长辞后的第 2 天，嘉庆皇帝召集在京军以上干部谈话。口气之严厉，前所未见。他说："带兵大臣及将领等，全不以军务为事，惟思玩兵养寇，借以冒功升赏，寡廉鲜耻，营私肥橐。"还说在京的军官们"遇有军务，无不营求前往"，目的只在敛财。这些人从军营回京后，"家资顿增饶裕"。接下来的套路都是大同小异，那就是请假回老家，借口祭祖省亲省墓之事，"回籍置产"。嘉庆通过严厉的训话，将乾隆末年以来形成的军队腐败现象第一次公之于众，令人顿感政坛出现了异动。

大清政坛的确出现了新思维。嘉庆的正月谈话事实上传递了这样一条信息——他的时代到来了。这是有所作为的时代，也是与以往不同的时代。嘉庆甚至提到了他父亲："皇帝临御六十年，天威远震。凡出师征讨，即荒徼边外，无不立奏荡平。从来未有数年之久，糜饷数千万两之多，而尚藏功者。"这是借乾隆之名敲山震虎，意有所指。

而接下来一句"近来皇考圣寿日高，诸事多从宽厚，凡军营奏报，小有战胜，即优加赏赐。其或贻误军务，亦不过革翎申饬。有一微劳，旋经赏复。虽屡次饬催，奉有革职治罪严旨，亦未审办一人"，却似乎是对乾隆朝的政策或者说行政作风提出了批评。这种批评貌似委婉，却相当的振聋发聩。因为这是乾隆太上皇与世长辞后的第 2 天，这样的话出自谨小慎微、一贯唯唯诺诺的嘉庆帝之口，很是令人大跌眼镜。

也令人胆寒。

特别是和珅。

这一天，和珅有了两个发现。一个是关于军机处大臣福长安的。他被解职了。由于福长安与和珅是利益共同体，嘉庆在谈话之后一举拿下福长安的职位，意图很明显——冲着和珅来的；二是关于和珅自己的。和珅和福长安被分派昼夜守灵，不得擅离。嘉庆帝的这个举动相当的意味深长。从好里说，是他们受嘉庆皇帝的器重，为太上皇守灵；从坏里说，他们事实上被软禁了，在最关键的时刻失去了有所作为的时间和空间。联系到福长安的被解职，和珅只能做出悲观的猜测。

嘉庆耐人寻味地做了一个指示，规定从今以后"有奏事者……皆得封章密奏"。改明奏为密奏，个中意图有着强烈的暗示性。给事中王念孙等官员就收到暗示了。他们当日上疏弹劾和珅弄权舞弊，犯下大罪。毫无疑问，这样的弹劾是嘉庆皇帝所需要的。因为三天之后，和珅就被革职，逮捕入狱了。

10天之后，和珅发现自己的生命走到了尽头。受嘉庆的再一次暗示（事实上和珅被捕就是个强烈的暗示信号），在京文武大臣会议列出和珅20大罪状，奏请将他凌迟处死，嘉庆谕示"和珅罪有应得"，赐自裁。

这是嘉庆四年（1799年）嘉庆皇帝的正月行动，自乾隆太上皇与世长辞，到正月十八和珅"赐自裁"，刚好是半个月时间。这是改变历史命运的半个月，也是展示嘉庆皇帝处世身段与执政手腕的半个月。他的霹雳手段令人耳目一新，甚至和康熙除鳌拜相比，嘉庆的行动也毫不逊色。鳌拜是权臣，和珅也是权臣。被革职前，和珅是首辅大学士、领班军机大臣、步军统领、九门提督，可谓位高权重，一呼百应；鳌拜党羽遍朝廷，和珅也是在乾隆朝受宠多年，谀附着众，但嘉庆帝还是出手了，并且一击成功。

接下来的收官其实比出击更重要：和珅死党，是一一收拾，除恶务尽，还是为稳定计，概不追究？事实上这是个两难选择。取前者，人心是大快了，但是帝国也差不多要完蛋了。谁知道和珅死党的水有多深？这个时代人人一脸无辜，却个个心怀叵测。似乎没有谁是清白的。拔出萝卜带出泥，泥是什么？是大清国的国本啊，不能轻易动的；取后者，稳定的问题是解决了，可发展的问题没解决。后和珅时代，一群面目可疑、心怀叵测的人与龙共舞，这是龙的悲哀，也是帝国的悲哀——大家稀里糊涂往前走，走到哪儿是哪儿，直到走不下去，直到一脚踩空……

嘉庆最后选择的是后者。嘉庆四年（1799年）正月，也就是在赐和珅自裁的第二天，嘉庆发布安官告示。指出和珅案"惟在儆戒将来，不复追咎过往，凡大小臣工，无庸心存疑惧"（《清实录》）。

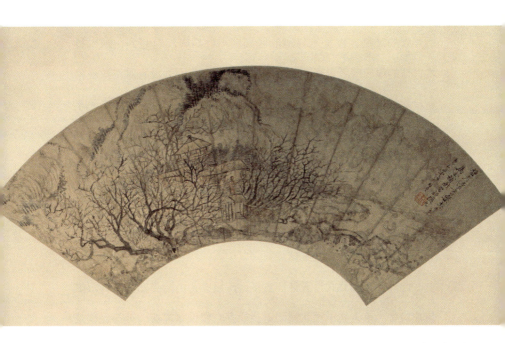

清　恽寿平　《读书乐志图》

这等于是给该案定性：萝卜是萝卜，泥是泥。萝卜是有罪的，裹在萝卜身上的泥是无辜的。嘉庆以壮士不断臂的苟且态度了结和珅案，很遗憾地为帝国的发展留下重重隐患。

所以嘉庆毕竟只是嘉庆，而不是康熙。这是患得患失者与大刀阔斧者的区别，也是术与道的区别。不过嘉庆没有想到，求术得术，他的报应或者说帝国的报应很快就来了。因为没有对腐败现象斩草除根，腐败也就遍地开花了。这其中最典型的是从嘉庆元年（1796 年）开始至嘉庆十一年（1806 年）案发的直隶官员贪污窝案，涉及 24 州县，共贪库银 31 万余两。此案牵涉人员之广，发案时间之长，涉及州县之多，作案手段之猖狂，都是前所未有的，以至于嘉庆后来震惊地说："将国家正帑任意侵吞，明目张胆，毫不忌惮……为从来未有之案！"

此外还有湖北武昌五县任意侵吞库银案，山阳县知县王伸汉虚报户口贪污杀人案，湖北襄阳道员胡齐仑侵蚀军需案，等等，都是当时轰动一时的大案要案。

更要命的是不仅地方官员大量涉案，连查案的官员也陷进去了。嘉庆十一年（1806 年），总管内务府大臣、刑部侍郎广兴到山东查案，受贿白银数万两，后又到河南查案 3 次，共受贿白银23000 两。在行贿人中，竟然包括河南巡抚马慧裕以及当地司道等。所以嘉庆帝国的官场腐败可以说是双重的，一方面查案人有问题，另一方面被查的当地官员也有问题——以帝国之大，要找一块净土确实不容易！

事实上问题的严重性还在于，能查出问题来的官员还是轻的，大量的是查不出责任人可问题又确确实实存在的。嘉庆十七年（1812年），嘉庆皇帝下令调查各省积欠钱粮及耗羡杂税，结果出来的数字竟然近2000万两之多！这些本该上缴国库的款银为什么会收不上来呢？没有人告诉嘉庆帝一个准确的答案，嘉庆也不可能知道这近2000万两款银有多少是确实收不上来，又有多少是进了地方官员个人腰包的。这是嘉庆难题——他想查却又不能查。因为除奉天等5省外，全国其他各省差不多都存在这样的问题。怎么查？查出来后又怎么惩处？这都是异常敏感的问题。所以嘉庆最后的选择是不查。因为为了稳定大局，不查比查好。

当然，嘉庆不可能无为而治。他实在想当一个有所作为的帝王。嘉庆选择了高瞻远瞩，从源头抓起，重塑帝国的官心与民心。他专门抽时间撰写了《义利辨》《勤政爱民论》等文章，下发全国，试图以德治国。嘉庆语重心长地告诉官员们，搞腐败是官逼民反，民不得不反。最后没有一个人可以善终。为此他提出："害民之官必宜去，爱民之言必宜用。"提拔了一批相对来说还比较干净的清官。与此同时，嘉庆皇帝"从我做起，从现在做起"，加强自身的道德修养，以为广大官员的典范。他下令废除年节时大臣们进献如意的老规矩，并指出：地方官员们操办的各种贡物，都不是自己掏腰包买来的，而是从州县以下层层敲诈而来。这里面就涉嫌贪腐了。而且那些上呈的古玩珍宝，饥不可食，寒不可衣，真是粪土不如。嘉庆规定——今后凡是进呈违禁宝物的官员，都要予以惩处，绝不轻饶。为了深入贯彻廉洁爱民的精神，嘉庆甚至做出了一个令人惊讶的举动：当他听说由叶尔羌解运进京的大块玉石正在运送途中时，便传下谕旨，不论这些玉石运到何处，都要弃在当地，无须继续前行。

嘉庆就这样以他的精神洁癖来对付帝国无所不在的洪水猛兽。这实在是一种悲壮的抵抗，嘉庆一人站在道德高地上振臂高呼，他以为应者云集，以为人心向善，但是腐败的洪水四处蔓延并最终淹没了他。这可以说是一种悲剧，制度性悲剧。终嘉庆一朝，人口增加了 7000 多万，可土地的面积并没有增加，帝国的岁入也没有多大的增加。由于在财政收入上没有制度性的突破和改变，嘉庆只能万事"省"字当头，这其中也包括少发官员们的工资。基层腐败包括高层腐败便成了制度困境，贪腐官员前赴而后继了。

也许不能说嘉庆不明白这一层。因为他也设置了养廉费试图高薪养廉，但是帝国财政总的盘子就那么大，所谓的高薪养廉云云，实在是海市蜃楼，于事无补。再加上贪腐世风已成尾大不掉之势，所以嘉庆的抵抗注定要以失败告终。

自始至终，他只是一个人在战斗。而他的敌人，万万千。

二

除了贪腐，帝国最大的问题就是疲软了。

也许是乾隆朝实在漫长得可以，抽走了帝国所有的精气神，所以到了嘉庆朝，一切都变得疲软了。"疲软"成了这个帝国内在的精神气质。用嘉庆的话来说是四个字：因循怠玩。

嘉庆十年（1805 年）的一天，嘉庆皇帝因为有事到四公主家走了一趟，等他回宫后发现"本日文武大小衙门竟无一事陈奏"，官员们趁着皇帝有事给自己放了一天假。事实上这不是偶然现象。因为政事疲软已然深入到帝国的骨髓。官员们个个以因循怠玩为荣，以勤勉做事为耻。在日常奏事方面，能少奏就少奏，能不奏就不奏。御门听政的日子是不得不奏的，可这个日子过后，两三天不再奏事成了帝国官员的主流选择。官员们似乎抱定拿多少钱干多少事的理念，不急不躁地和皇帝磨洋工。"在家高卧，以避晓寒""日高未起者"比比皆是，只剩下嘉庆皇帝在那里干着急。虽然他站在道德高地上，"未明求衣，灯下办事"，可谓废寝忘食、呕心沥血了，但他自己也承认，"同此劳者惟军机内廷数人耳"（《东华录》）。

说政事疲软深入帝国骨髓还因为官员上班和不上班一个样。有时候人来了，也是出工不出力。嘉庆十年（1805年）腊月，嘉庆皇帝召集大学士九卿会议讨论江南船事，结果一大帮帝国高官们讨论半天的结果竟是"造船需时，请交两江总督及河漕诸臣再行筹议"，会议开了等于没开。事实上参加这次会议的官员中有任过江西督抚的，也有办理过河务的，对河道船事多有见解，但大家都沉默是金，出工不出力，以至于嘉庆皇帝愤怒地指责他们"徒成具文，并无实际于国政"，都是些会议机器。

疲软的其实不仅是政事，还有兵事。嘉庆八年（1803年），神武门见证了一起暴力事件。当时的嘉庆皇帝正从圆明园回紫禁城，在正对着神武门的顺贞门前换轿时，有一个人拿着一把刀亡命地冲向他，准备结束他的生命。

这个行刺人手中的刀并不长，只是一把小刀而已。人也不多，没有接应者，单独行刺，但是嘉庆却遭遇了很大的危险——虽然他身边有百余名侍卫，可他们在那一刻似乎忘记了自己的身份，只在现场呈现出两种表情：呆傻和惊慌失措。他们没有冲上去制服行刺者。最后充当起侍卫职责的还是随驾的嘉庆皇帝的侄子定亲王绵恩，他和皇帝的姐夫固伦额驸拉旺多尔济等人一起拿下了行刺者。

嘉庆皇帝震惊不已。他不是震惊自己的被刺，而是震惊帝国的门禁以及护卫力量如此软弱不堪。刺客是怎么潜入皇宫，并成功地

清
恽寿平
《秋海棠图》

冲到他面前的？百余名侍卫的忠心和勇气都到哪里去了？事实上这是一种兵事的疲软。这个帝国，连皇帝的安全护卫工作都已软弱涣散至斯，那还有什么是可以依靠和坚挺的呢？

为了治疗帝国疲软症，嘉庆皇帝强调了对门禁的管理，他说："大内门禁，关防实为紧要，是以朕谆谆降旨教导，原恐不法之人滋生事端。"又召集领侍卫内大臣、御前大臣、军机大臣、前锋营统领、护军营统领、内务府大臣等高官召开安全保卫工作会议，就皇宫安保问题商量出一个行之有效的办法或者说章程来。没想到这次会议竟开出了喜剧的效果，因为众大臣向嘉庆皇帝报告，说禁卫章程早已有之，就在《大清会典》中，只不过没有严格执行罢了。嘉庆啼笑皆非。不过为了体现狠抓管理漏洞的精神，他还是要大臣们出台了安保工作补充条款 29 条，自己又加上 3 条，重新载入《大清会典》中，以为今后大内安保工作的典章。

但是，疲软症不是靠文件就可以治疗的，它已是深入帝国骨髓的一种气质了，是这个王朝挥之不去的阴影。两年后，同样的事情又发生了。嘉庆十年（1805 年）的一天，一个名叫萨尔文的人也是持刀，试图强行闯入神武门。百余名侍卫在那一刻又忘记了自己的身份，同样在现场呈现出两种表情：呆傻和惊慌失措。这一次最糟糕的情形还在于，他们在慌乱中竟找不到自己的刀、剑，不知道该如何应对。最后还是仗着人多冲上去夺下萨尔文的刀，才将对方制服。

嘉庆皇帝又生气了，只是这一回的气生得无可奈何。大内安保工作的文件是早就制定并载入《大清会典》中的，为什么不能狠抓落实呢？"官兵怠玩成习，渐至旧章废弃。"尤其让嘉庆帝气为之塞的是，这些承担护卫皇帝安全任务的侍卫和护军，在值守时为了省事竟然连腰刀都不佩带，只有突遇检查时才装模作样地把腰刀佩带上，敷衍了事。嘉庆事后下诏书，认为此事"显系彼时伊等未佩带腰刀"，是长期淡忘规章和责任的结果。

不过这一次，嘉庆皇帝没有再召开安全保卫工作会议。也许他已明白，该开的会都开过了，该制定的文件都已经制定，至于做得怎么样，实在不是他可以控制的。嘉庆可能不是个软骨皇帝，但帝国却实在是软骨帝国，嘉庆皇帝生逢其间，无以为计，只得承受加忍受，自求多福了。

只是福无双至，祸不单行。嘉庆十八年（1813 年）的一天，尴尬的事件又发生了。这一次的事件可以说是皇宫安保问题的总爆发，所呈现出来的漏洞之多、之大，令人瞠目结舌。

因为，有数百名信奉白莲教的农民打进了皇宫。他们在资深信徒林清的领导下，在宫内太监刘得财引领下，趁嘉庆皇帝木兰行围之机分两股从东华门和西华门入宫。按理说这是极低概率事件——发生率低，成功率更低，因为紫禁城守备森严，数百名信奉白莲教的农民不是职业军人，没有受过良好的军事训练，这也就意味着他们没有较强的军事攻击力。但是事情还是发生了。我们接下来看紫禁城守备人员的表现。

林清等人起事前言行狂傲，自认"神术"高超必能取胜，宫内大臣虽有耳闻，却都抱着多一事不如少一事的心态漠然处之。再加上嘉庆皇帝要去木兰行围，谁也不想在这个时候自找不痛快。

官方所得密报中有宫中太监牵连此事，为了避免惹火烧身，相关官员宁可信其无，不敢信其有，所以个个不敢追查此事。

掌管京师治安的步军统领吉伦出事前几天得到有人造反的报告后为了避祸，竟然借口迎銮带着侍从出京。巡捕左营参将以都城中情形异常劝他留下，吉伦却告知对方现在是一片太平景象，不用惊慌。

天理教徒攻到时，东华门守门官兵行事懈怠，连个大门都关不好，等到叛乱者亮出兵器扑过来时，这些护军校尉士卒们或手足无措，或仓皇逃遁，一点没有职业军人的风范。

王公大臣们闻变后，都惶惶然聚集在宫城西北角，不知如何是好，而站在他们身边的禁卫军官们也个个手足无措。

守卫午门的副都统策凌以为大势已去，竟然率兵逃遁了。

这场被称为"林清之变"的宫廷安全重特大事故到最后虽然被解决了，但是从中暴露出来的帝国疲软症可谓前所未有，或者说在以前的基础上变本加厉了。事后，嘉庆皇帝以懈弛门禁之罪，罢免了以下官员的职位：

步军统领吉伦；

左翼总兵玉麟；

署护军统领杨述曾；

护军统领明志。

这些人在事变当中因为举止慌张，进退失据，受到了革职甚至戍边的处罚。当然嘉庆皇帝还惩罚了一个人——他自己。他事变后写了一篇《遇变罪己诏》。在诏书中嘉庆皇帝这样写道："今日大弊，在因循怠玩四字，实中外之所同。朕虽再三告诫，舌敝唇焦，奈诸臣未能领会，疏忽为政，以致酿成汉唐宋明未有之事！较之明季梃击一案，何啻倍蓰！思及此，实不忍再言矣。"嘉庆皇帝的自责看起来充满了委屈，名为自责，实为他责，以至于在诏书最后他竟写下这样八个字："笔随泪洒，通谕知之。"

毫无疑问，这是一个皇帝的心潮起伏，也是他的无可奈何。从嘉庆八年（1803 年）到嘉庆十八年（1813 年），帝国疲软症时有发作，且愈演愈烈，嘉庆皇帝也终于认识到"今日大弊，在因循怠玩四字"，可认识到了又怎么样呢？"诸臣未能领会，疏忽为政，以致酿成汉唐宋明未有之事！"这是诸臣们的悲哀，也是他的悲哀，更是这个帝国的悲哀，所以嘉庆帝不忍再言，只能是"笔随泪洒"……苍凉心境，竟至于此，大清帝国的中衰可谓痛彻心脾了。

三

一个帝国自有一个帝国的仪式感。对于康乾盛世来说，木兰秋狝与东巡谒陵是两项重大的仪式活动。它们如仪举行，浩浩荡荡，在国家层面上展示了盛世的精神体魄。事实上这也是一个王朝活力与自我激励的象征。木兰秋狝追怀一个彪悍民族笑傲世界的无畏精神，而东巡谒陵展示的则是满族的祖宗荣誉感和大清王朝的自我认同。作为盛世之君，康、乾是非常注重这两项活动的。

先说"木兰秋狝"。康熙二十年（1681年），"木兰秋狝"作为一项政治制度被固定下来，形成代代相承的国之大典。康熙自然是身体力行，乾隆帝也对秋狝大典重视有加，自乾隆六年到乾隆五十六年（1791年），乾隆秋狝次数竟达四十次之多！

毫无疑问，这是盛世之君的自我操练，也是帝国精气神旺盛的重要表征。但是盛世的荣耀往往是衰世的尴尬。嘉庆皇帝画虎类猫，气喘吁吁，在祖宗留下的国之大典上经常力不从心，洋相尽出，无情地泄露了大清王朝盛世中衰的消息。

嘉庆在位二十五年，举行"木兰秋狝"11次，即嘉庆七年（1802年）、嘉庆十一年（1806年）、嘉庆十二年（1807年）、嘉庆十三年（1808年）、嘉庆十五年（1810年）、嘉庆十六年（1811年）、嘉庆十七年（1812年）、嘉庆十八年（1813年）、嘉庆二十年（1815年）、嘉庆二十一年（1816年）、嘉庆二十二年（1817年）。次数不可谓不多，但几乎每一次，他都走得泥泞艰难，首鼠两端，就像这个王朝的沉重行走一样，跌跌撞撞，险象环生，令人唏嘘不已。

嘉庆七年是嘉庆帝第一次正式举行秋狝大典的年头。事先，他有很多美好的想象，可最终却只拥有一个伤感的结果。因为在永安莽喀行围过程中嘉庆皇帝发现，野兽稀少，特别是"鹿只甚少"，以至于无法行围。事实上这不是生态问题而是管理问题。管理围场的大臣庆杰、阿尔塔锡等人由于长期玩忽职守，允许人马车辆随意出入，以致围内野兽稀少。第一次秋狝的流产似乎是嘉庆王朝不祥的开篇，嘉庆皇帝很难想象在康乾盛世会有此类事件发生。因为从表面上看，野兽稀少是个小问题，其实质却是王朝精气神的流失——这个王朝不谙武事久矣，等到重新抖擞精神时却再找不到可以擒获的猎物。没有了猎物的猎人还是猎人吗？嘉庆估计是不敢回答这个问题的。

嘉庆帝在第一次举行秋狝大典前曾经发表过激情洋溢的讲话。他说："秋狝大典，为我朝家法相传，所以肆武习劳，怀柔藩部者，意至深远。"他还说，"朕披览奏函，瞻依居处，不觉声泪俱下。"

但是最终，真正落到实处的却只有"声泪俱下"四个字。

嘉庆帝的第二次和第三次秋狝依旧受困于野兽稀少的问题。要分析其中的原因，有"该处兵民，潜入围场，私取茸角盗卖"造成的，"又有砍伐官木人等在彼聚集，以致惊窜远飙，而夫匠等从中偷打，亦所不免"，所以"鹿只日见其少"，但最终的原因只有一个，那就是"管理围场大臣平日不能实力稽查，咎无可宥"，嘉庆由此将管理大臣、副都统韦陀保等交部议处，并且把乾隆五十七年（1792 年）以来所有的管理大臣一一拿来查议，过关，还在制度层面上完善和强调了相关的管理章程。这差不多可以称之为一个王朝的亡羊补牢，也许效果不能立竿见影，但是聊胜于无。嘉庆为了早日恢复秋狝大典的尊严，甚至出台了这样一个有趣的规定——将鹿只的增多与管理官员的奖励联系在一起。他试图通过奖罚手段快速达到目的。

但是，目的还是没有达到。接下来，嘉庆惊骇地发现，他的每一次秋狝行动都能发现帝国的新问题。这其中不仅有管理问题，还有疲软问题，擅离职守问题以及制度弊端，等等。嘉庆十一年（1806 年）木兰秋狝，竟然发生了管理围场大臣、侍郎、副都统明志、散秩大臣舒明阿等人擅离职守，由围场外前往看热闹的咄咄怪事。木兰秋狝，堪称一场军事行动，皇帝的安全是重中之重，这些管理大臣们却毫无安全意识，从一个侧面反映了帝国"疏懒不堪"

清
恽寿平
《古木垂萝图》

古木古藤高巌眺瀑篇
散笔藏花落砌池殘木移
石者雪
知開野芳林向山影何必东蕭汜
菊時
毘陵惲壽年

的现状。同样是在这次秋狝过程中，嘉庆还发现了官兵倒卖官配马匹的现象，其目的只为中饱私囊，此举导致很多官兵围猎时无马可骑，只能跟在皇帝后面瞎跑。这个现象细究起来虽然是制度弊端，但实在有失皇家尊严，可嘉庆皇帝除了申斥了事外，也别无他法可想。

再接下来的几次秋狝也是狼狈不堪，甚至称得上惨不忍睹。嘉庆十三年（1808 年），嘉庆帝秋狝木兰，围内竟只有 10 余头鹿只留存，行围时又只剩下 3 头，并且都跑至围外，令他徒呼奈何。

嘉庆十四年（1809 年），由于围内雨水较多，道路难行，嘉庆帝的木兰秋狝大典只得暂停。

嘉庆十五年（1810 年）八月，嘉庆再次举行木兰秋狝。可围内野兽稀少的老问题依旧没有解决。

嘉庆十七年（1812 年）的木兰秋狝更是滑天下之大稽，一边嘉庆帝在行围，另一边正红旗马甲恭纳春领着贼人在盗伐场木，完全无视天子的尊严。

而嘉庆十八年（1813 年）的木兰秋狝纯粹是败兴之举，嘉庆帝来到围内，野兽依旧稀少，问题依然如故。回銮过程中，京师又发生了天理教徒围攻皇宫的事件，嘉庆帝惊吓之余很是惆怅不已。

此后的木兰秋狝不是因故暂停，就是老问题迟迟得不到解决，一个王朝的磕磕绊绊已是显而易见了。嘉庆帝也不再激情满怀，而是沉默是金，默然地将这祖宗留下的仪式行仪如故。在这里，木兰秋狝的盛世意义被完全抽离，只剩下干枯的形式有一搭没一搭地进行着，聊以象征一个王朝的威严还在断续存在。

仅此而已。

嘉庆帝的最后一次秋狝是一个未完成式。嘉庆二十五年（1820年），嘉庆又一次来到避暑山庄，准备举行第 12 次秋狝大典。行前，他警告说："诸臣若存偷安之心，微言示意，经朕觉察，立置于法，决不轻贷。"很有将秋狝大典进行到底的意思。但事后证明，这是苍白的警告，也是空洞无力的警告。因为别说大臣们，即便是他自己，老天也不忍心再看其受折磨，也不忍心看着这变了味的秋狝大典继续在人世间存在。嘉庆帝到达避暑山庄的第 2 天就突然去世了。木兰行围活动至此成了嘉庆王朝的绝响。

遥远的绝响。

说完木兰秋狝，再来说说嘉庆帝的东巡谒陵。清帝的东巡盛京谒陵祭祖，始于康熙。目的是为了告慰列祖列宗并表达对他们的崇敬。当然，做这件事的前提是谒陵皇帝必须要有拿得出手的丰功伟绩以资"告慰"。嘉庆十年（1805 年）的一天，嘉庆帝上路了，这是他第一次东巡谒陵。因为在此之前，他平息了白莲教起义，让这个帝国重新变得云淡风轻。嘉庆帝或许会以为，这是他告慰列祖列宗的资本，列祖列宗会欢迎他到来的，但是一路上的景象还是让他心惊兼心凉了。因为很长时间没有东巡谒陵了，所行道路年久失修，泥泞难走。并且"跸路数十里内，道旁并无一二官员带领民夫伺候，且亦无修道器具"。这事实上是比道路失修更严重的问题，人心散了，人心失修了，老百姓都叫不动，最后竟然是盛京将军"富俊等亲自扫除平垫"，嘉庆从中看到了官民间的紧张关系已经到了不可修复的地步。

不仅是官民关系，官员之间的关系也不和谐，充满了漠视、隔阂甚至是对立。盛京将军富俊虽然早已布置了修路任务，可知县伊诚等人却并不执行，侍郎花尚阿时也没有及时加以督促，直到检查官宜兴前往检查时，才老大不情愿地进行了补修。而宁远州知州克星额简直是拎不清。平日有外省州县官过境时，他还知道出迎，现在嘉庆皇帝来了，他却一个劲地到前面去查看道路去了。嘉庆帝认定他事先不做好道路维护工作，临时抱佛脚，是"昏庸玩误之员"，立即将他革职，发往热河当差去了。

在祭祀扬古利、费英东时，嘉庆还发现了腐败现象——他所行的道路并非直路，竟然多绕行四里多。这说明修路官员借修"御道"之机向朝廷多要银两，个中腐败情形不言而喻。可嘉庆生气的不仅在这一点上，因为"绕道开修新路，将旗民田亩平治除垫者，不知凡几"，他担心原本就紧张对立的官民关系在这件事上又雪上加霜了。

另外在东巡谒陵途中，嘉庆还遗憾地发现——为了修道派夫之事，酷吏横加催派，以至于发生了酿毙人命的事情。这样一桩恶性案件的发生为他的第一次东巡谒陵蒙上了重重阴影。这个帝国，真是没有一件事情是吉祥的。好事都能变成坏事，发生的一切事情都指向了帝国的宿命，那就是磕磕绊绊，几无善终。

十三年之后，也就是嘉庆二十三年（1818年），在痛定思痛之后，嘉庆皇帝准备第二次东巡了。他原以为，时间过去了这么久，帝国的创伤应该都抚平了，起码道路不应再泥泞难行。但他想得还是太简单了，这一回的问题不是发生在道路上，而是发生在人心里。大学士松筠以"三辅抗旱"为由谏阻嘉庆东巡，这实在不是个好由头——帝国这么大，几乎每年都有某某地方抗旱的消息传来。如果因为这个理由不能成行，嘉庆皇帝简直要抓狂了。

由于到此时嘉庆执政帝国已经23个年头，大概很有"时不我待，来日无多"的感觉，所以这一次的东巡，他的欲望格外强烈，对谏阻者的处置也比较严厉。最终，大学士松筠因言获罪，被革去大学士、御前大臣，领侍卫内大臣等职，但仍带革职留任，八年无过，才准开复原职。嘉庆就此事向大臣们辩护说："成汤遇旱，六事自责，六事中有谒祖陵一节乎？"意思是谒祖陵不受天灾的影响或干扰。

但是干扰却此起彼伏了。松筠因言获罪后，御史吴杰前赴后继，他针对谒陵派差一事，奏请嘉庆皇帝禁止差务派累。另外在嘉庆下令求言后，有3名御史对处理松筠一事提出不同的意见，请求仍将大学士松筠召还内用。御史李广滋还指出这样一个事实——盛京为准备谒陵大典，竟按亩向百姓摊派钱款，给民众造成了极大的负担。

所有这一切都让嘉庆皇帝恼羞成怒。东巡路上干扰多，不反击是不行了。嘉庆一方面指责三御史"莠言乱政"，另一方面严惩李广滋。嘉庆下令："李广滋不胜御史之任，著撤回原衙门，仍以编修用。"此后不久，李广滋被革职拿问，最后发配乌鲁木齐效力赎罪。

这就是嘉庆二十三年（1818年）的大清帝国。这一年，嘉庆五十九岁，年届花甲。当他历经万般阻挠，东巡成功，终于站在祖陵面前时，嘉庆皇帝便忍不住含泪说出了这样的一番话："子孙若稍存偷安耽逸之心，竟阙此典，则为大不孝，非大清国之福，天、祖必降灾于其身，百官士庶，若妄言阻止，则为大不忠，非大清国之人，必应遵圣训立置诸法，断不可恕，况乱臣贼子，岂可容乎？"

这应该说是他的辩解，也是呐喊，是嘉庆王朝最后时刻尖厉而苍白的抵抗。只是这样的抵抗意义并不大。因为两年之后，嘉庆和他的王朝在这个世上就不复存在了。此后，道光皇帝继位。道光九年（1829年），道光皇帝以平定张格尔之乱成功进行了他生命中第一次也是最后一次的东巡——这其实是清王朝历史上的最后一次东巡谒陵。从此以后，大清再无东巡事，这个王朝的精气神至此已是萎靡不振。所以，在这个意义上说，嘉庆的东巡谒陵是帝国中衰的一曲离歌。忧伤、低回，充满了不和谐音。

充满了宿命感和警示意味。

四

一个人的悲剧与一个帝国的悲剧，究竟有多大的内在联系呢？

嘉庆五年（1800年），翰林院编修洪亮吉在完成《高宗实录》第一卷的编修工作后顺手写了一篇近6000字的政论，托人转交到嘉庆帝手里。

洪亮吉为这句话付出的代价是充军伊犁。后虽然赦归故里，却仍遭终身软禁，直到63岁时死在家里。

对洪亮吉来说，他的遭遇当然是一个悲剧，可是对嘉庆王朝而言，同样是悲剧。自洪亮吉事件后，帝国再无言路，这个封闭的国家自此没有了来自民间的声音和智慧，也没有了发散性的思维和思辩质疑精神。这是帝国窒息时代的开始。毫无疑问，这样的窒息是致命的。

因为在洪亮吉身上，其实就有一服拯救帝国的良方。作为通才，洪亮吉不仅在史学、地理学、经学、音韵学等方面多有造诣，同时在人口理论学上他也有洞见。他在《意言》一书的《治平篇》与《生计篇》中指出了人口膨胀的隐患，这样的洞见比英国马尔萨斯的《人口论》所提出的类似观点还早5年，可以说《意言》一书是世界上最早的人口论专著——200多年前，作为一个有着先觉意识和危机意识的政府官员，洪亮吉的出现实在是嘉庆王朝之福，但最终，这个王朝带给他的却是祸，带给自己的也是祸。

帝国，在最需要拯救的时刻，推开了伸向自己的援手。

我们来看一下这样两组数据：乾隆三十一年（1766年），岁入白银4858万两，嘉庆十七年，岁入白银4013万两，嘉庆朝比乾隆朝的岁入少了800万两；乾隆三十一年（1766年）的全国人口是2亿左右，嘉庆十七年（1812年）的全国人口是3.5亿以上，至少增加了1.5亿（见《清史稿》卷一二五，食货六）。岁入和人口一减一加，凸显了嘉庆朝的人口压力和财政压力。这两个压力的叠加事实上就是洪亮吉指出的人口膨胀隐患，但是嘉庆却对《意言》一书漠然视之，对帝国已经迫在眉睫的危机也无所作为。

当然，我们也不能一味指责嘉庆皇帝的无所作为。毕竟在历史上，他是个试图有所作为的皇帝。只是这一回，嘉庆所面临的问题是结构性难题，是盛世之患。盛世承平日久，又无大的战争发生，白莲教起义也早在嘉庆九年被镇压，帝国今后的问题基本上不是稳定的问题而是发展的问题——可恰恰在这里，发展成了大问题。人多了，地少了，怎么办？对嘉庆皇帝本人来说，他无法破解后盛世时期人口和财政良性互动发展的结构性难题。

嘉庆朝的岁入主要包括田赋、盐课、关税和杂赋四项。其中田赋是大头。嘉庆朝和中国的其他王朝一样，财政收入结构以田赋为主、其他收入为辅。这是农业国家的普遍财政收入模式。当田赋收入到达极限后，就急需对财政收入结构做出重大调整，但是，这样的调整却又是王朝之忌——增加盐课、关税和杂赋的收入比例势必要鼓励工商业和对外贸易的发展，从而重创"重农抑商"的国策。

嘉庆帝有这个勇气吗？

嘉庆二十一年（1816 年）的一天，以阿美士德勋爵为首的英国使团一行 75 人出现在北京皇宫门口，等待嘉庆皇帝的召见。但是最终，他们没有见到这个传说中的皇帝，而是听到了这样一句话——"该贡使等即日遣回，该国王表文亦不必呈览，其贡物着即发还。"

这是嘉庆皇帝给他们下的圣旨。在下这道圣旨前，嘉庆皇帝还怒气冲冲地说了这样一句话："朕为天下共主，岂有如此侮慢倨傲，甘心忍受之理！"毫无疑问，这句话与礼仪有关。继乾隆五十八年（1793 年）马戛尔尼使华 23 年之后，嘉庆皇帝又遭遇了同样的问题——英使进见时跪还是不跪，事关一个大国的尊严。而"天下共主"的自许在这样的语境下不仅显得突兀、滑稽，也显得相当苍凉。于是，阿美士德勋爵拂袖而去，再于是，帝国失去了与世界文明接轨的机会。这实在是最后的失去，24年之后，悲壮的鸦片战争就爆发了。中西方两大文明的对抗最终以一种极端的形式呈现在世人面前，真是令人扼腕叹息。

这是嘉庆帝的一个选择，说到底也是帝国的选择。帝国在关键时刻没有华丽转身，而是选择继续沉沦。关于这一点，费正清的看法可谓深刻："1800年左右的中国经济不仅与欧洲经济处于不同的发展阶段，而且结构不同，观点迥异………技术水平则仍停滞不前，人口增长趋于抵消生产的任何增加。简言之，生产基本上完全是为了消费，陷入刚好维持人民生活的无休止的循环之中，在这种情况下，纯节余和投资是完全不可能的。"

一切似乎是嘉庆皇帝的错，一切其实也不都是他的错。早在二十三年前，乾隆也有傲慢和偏见的，这大概可以说明盛世之君和衰世之君在这个问题上都不敢做出制度性的突破。因为在他们背后，有一种共通的东西在起作用——文化，或者说儒家文化。这种建立在农业文明基础上的自给自足文化具有很大的封闭性和心灵安慰作用。它覆盖了一代又一代中国帝王的人生观价值观，并整齐划一地规定他们的行动和心理路径。

所以接下来，嘉庆皇帝面对这样一些国情和现实能够安之若素：

陕西、湖北、四川三省因为征剿白莲教，嘉庆四年（1799年）前后的军需费用直到嘉庆十五年（1810年）仍有1800余万两未报销。

长期以来，嘉庆朝每年关税只有一百多万两，不到全国财政收入的2%。但是嘉庆皇帝并不想突破这个数字，而是严防死守，限令全国只允许广州一地对外通商。

嘉庆皇帝鄙视西洋技术，包括农业技术的推广引进，以至于农产品产量长期得不到提高。在嘉庆朝，南方产稻最富裕的江浙一带，年产量仅为136—508斤，产量最高的湖南长沙，年产也不过680多斤。

毫无疑问，嘉庆王朝是一个因循守旧的王朝，一切以不变应万变。在这个王朝里，离经叛道是可耻的，老成持重则是值得称道的，而老成持重的一个重要指征则是满朝上皆是白发苍苍的官员。在相关的历史典籍中我们可以看到——

大学士王杰七十九岁退休。

大学士刘墉八十五岁死在任上。

大学士庆桂也是七十九岁退休。

……………

帝国鲜见年轻官员，特别是有独立思想的年轻官员。嘉庆王朝最后只有这样一批白发苍苍的官员在朝堂上暮气沉沉地行走，和嘉庆皇帝共同构成了保守型的文化人格，从而让帝国往万劫不复的境地里沉沦。这是保守型文化人格所产生的破坏力，它宣布了帝国自我救赎从根子上的不可能。

嘉庆难题到底无人能解。帝国的背影也就此愈行愈远，中衰终成定局，这是大清王朝走过 180 年后的宿命。

前 30 年

光绪二十三年之前的 30 年，是同治六年（1867 年）。这一年 9 月 2 日至 9 月 7 日，国际工人协会海牙代表大会召开。9 月 14 日，《资本论》第一卷在德国汉堡正式出版。这一巨著的问世，不仅实现了政治经济学的伟大革命，标志着马克思主义政治学的诞生，而且对马克思主义理论体系进行了最为全面的科学论证。

如果从同治朝 13 年的历史背景去看，各种各样的异数开始露头、萌芽甚至欣欣向荣：同治四年（1865 年）5 月 18 日，山东菏泽捻军在高楼寨之战中，歼灭清朝精锐 7000 兵，第 2 天，亲王僧格林沁在山东曹州阵亡，京师震惊。同治五年（1866 年）11 月 12 日，孙中山出生。同治七年（1868 年）1 月 3 日，日本明治维新开始；10 月 23 日，日本天皇改元明治。同治十二年（1873 年）2 月 23 日，梁启超出生。同治十三年（1874 年）10 月 25 日，黄兴出生。这些人作为大清帝国的埋葬者，在同治朝不经意间埋下伏笔，似乎昭示帝国之路不远矣。

一些聪慧的人也看出帝国之路不远矣。同治六年（1867 年）农历六月二十，也就是公元 1867 年 7 月 21 日，一个叫赵烈文的幕僚对时任两江总督的曾国藩说了这样一番话："天下治安一统久矣，势必驯至分剖。然主威素重，风气未开，若非抽心一烂，则土崩瓦解之局不成。以烈度之，异日之祸，必先根本颠仆，而后方州无主，人自为政，殆不出五十年矣。"

赵烈文这话是什么意思呢？意思是说，现在天下统一已经很久了，势必会走向分裂，不过由于皇上一直很有权威，并且国风未坏，所以才没有出现分崩离析的局面。但今后的大祸是朝廷会先垮台，然后出现各自为政、割据分裂的局面。赵烈文判断，这种灾祸大概不出 50 年的时间就会发生。果然，在他预言后的第 44 年，也就是公元 1911 年，清王朝谢幕人间了，帝国也在此时进入"方州无主，人自为政"的混乱局面。

不过身处同治朝，随后被任命为直隶总督的曾国藩"只是当时已惘然"。他在同治七年（1868 年）下半年的一天奉旨进京，几天时间 4 次面见慈禧太后，虽然一方面哀叹大清的未来"甚可忧耳"，另一方面则开始了中兴帝国的努力。而此时的同治帝依然还是个孩子，在母亲慈禧太后的阴影下一边过着他并不快乐的童年，一边好奇地观察帝国涛飞云走、气象万千，浑不知大危险已经近在咫尺……

一

在王朝兴衰的周期律中，总有一些拐点时刻提醒世人下一个轮回即将来临。关于这一点，费正清如是说："各朝各代大凡在开国100年内就会遇上棘手的财政困难。这时就会呈现经济和政治方面的变更，有时暂时起些作用。百官贪污堕落的现象日益严重，这就导致行政效力降落，而党争亦越发剧烈起来。对朝廷心怀二志者在政治、经济上更趋独立并且日益恣行无忌。政府为了弥合财政逆差，只好增收赋税，结果往往使百姓不堪重负。由于国库空虚，导致水渠、河堤年久失修，食粮歉收时节政府无力赈济灾民，结果饥馑横行，于是各地盗匪蜂起并最终爆发农民起义。由于无力发放军饷，边疆防守亦开始瓦解。各地军政大员纷纭拥兵自立，于是朝廷垮台完事。之后各方混战一场，吐旧纳新，又开始了新的一轮朝代循环。"

事实上同治王朝已然走到新一轮朝代循环的节点。天子的权力被悬置了，太平天国，捻军，小刀会，一波未平一波又起。当然还有前所未有的外患。所有这一切的联合作用完全可以将两个女人同治的帝国予以摧毁——在这个过程中，同治帝的作用可以忽略不计——他还是个孩子，一个无所作为的帝国灾难旁观者和受害者，仅此而已。

但帝国却意外地没有沉沦，相反，它走向了中兴。因为出现了以下这些名字：奕訢，文祥，曾国藩，左宗棠，李鸿章，刘坤一，彭玉麟，张之洞，他们在这个王朝不约而同地涌现并且集体发力，终于挽狂澜于既倒。

文祥，道光二十年（1840 年）的进士，同治十三年（1874年）升任"武英殿大学士"。他做过的官职：礼部侍郎、吏部侍郎、工部侍郎、工部尚书、户部尚书、吏部尚书、协办大学士、体仁阁大学士，直至武英殿大学士。毫无疑问，这是个在宦海很有成就的人，但他一生最大的成就是与恭亲王奕訢联名上疏条陈六事：练兵、简器、造船、筹饷、用人、持久。这是同治朝改革的总纲领。文祥和奕訢则是幕后最重要的推手，从这一举措或者说时刻出发，直到 1894 年甲午战前，危如累卵的帝国赢得了差不多 30 年的发展窗口期，这使它在最后时刻走向软着陆，帝国有惊无险了。

我们来看这份特殊时期的改革总纲领，看看两个历史推手手中的宏伟蓝图是如何变成现实的。练兵：在北京创建神机营，在上海收编戈登的常胜军，并入淮军之中。这些新式军队配以洋枪、洋炮，以和国际接轨。简器：在上海成立"江南制造局"，在北方创设天津机器局，以达到"若果能与西洋火器相埒，平中国有余，敌外国亦无不足"（李鸿章语）的目的。造船：主要是由左宗棠在福

清
钱维乔
《山水轴》

丙戌主夏吾以九
楚修芫属乎
钱维喬

州马尾建了一个"轮船制造局"，该局前后造船40艘左右。筹饷：曾国藩办湘军要钱，左宗棠西征要钱，李鸿章把淮军带到上海去打仗也要钱，这些钱最后都解决了。用人：主要是用"懂得洋务的人"。一方面选派留学生出国深造，另一方面也在国内造就洋务人才。同治元年（1862年），恭亲王和文祥在北京设立"同文馆"，5年后增加了一个"天文算学馆"。学习的科目包括外国文、汉文、历史、地理、代数、几何、三角、微积分、天文、化学、测量、万国公法、金石（矿冶）、富国策（经济学）、译书（翻译实习）等。与此同时李鸿章在江南制造局附设译书局，左宗棠在福州马尾的轮船制造局附设船政学堂，其目的都是为了造就洋务人才。

以现在的眼光看过去，这五项改革措施只是经济改革的尝试之举，但在当时，收效却很明显，太平天国，捻军，小刀会，都在同治朝富国强兵的背景下被平息了，起码暂时平息了，而欧美各国也似乎乐见一个古老的国度与他们接轨，乐见一个古老文明的惆怅与嬗变。1872年，一位驻中国的外交官甚至不无妒忌地在一封信中写道——中国正在迅速地成为一个令人生畏的对手；整个官僚阶级都决心恢复中国的国际地位；兵工厂和造船厂的产量给人以深刻的印象；中国建造的军舰不久就将达到欧洲的最高水平……

只是这样的局面并未持续多久，就像文祥临死前所担忧的那样——改革总纲领能走多远，关键看人心。这个试图挽狂澜于既倒的人忧心忡忡地上了一份遗奏，表达了对人心的担忧："如今日议之行之，而异日不能同心坚持，则不如不办……所谓必须上下一心，内外一心，局中局外一心，且历久永远一心，即此意也。"

世上事唯"持久"最难。事后证明，文祥的担忧不是杞人忧天。因为大学士倭仁就站出来坚决反对办洋务。这位同治年间的顽固派首领反对在同文馆内增设天文算学馆，反对选用科甲官员入馆学习天文、算学，后又长期反对清政府兴办洋务，他认为"立国之道，尚礼义不尚权谋；根本之图，在人心不在技艺"。又说，如果一定要造就天文、算学方面的人才，切不可请洋人来当什么教授，"应求中国能精其法者"。当然倭仁所谓的"中国能精其法者"只是个概念或者说馅饼而已，当慈禧太后令他"保荐几个来"时，倭仁给出的回答是："意中并无其人，不敢妄保。"

种种因素导致同治朝的改革不可能走多远。这一方面是顽固派的坚强存在，另一方面则在于"经改先行、政改不动"模式的先天缺陷。撕开包装，我们看到，同治朝的改革分明是向后看的改革，是精英们做出的向康乾盛世致意的最后努力。朝廷内外，几乎集体洋溢着田园牧歌式的怀旧情感。儒教重回大地，慈禧太后或者说同治朝的执政合法性得到了默认甚至鼓励……

与此同时，日本也在改革。这是相对于皇权专制体制的西方宪政体制改革。在那位忧伤的年轻人——日本天皇明治的身边，聚集了这样一批人：伊藤博文、大久保利通、大隈重信、西乡隆盛，当然还有思想家福泽谕吉。这是一批日本的改革精英，一如中国的改革精英一样，他们也选择了在历史的断层时刻集体做一次前所未有的努力。只是他们的改革路径与中国人截然相反。向前看，政改先行。当李鸿章着迷于军事层面的变革，缔造北洋海军时，伊藤博文却设计了日本的新宪法，新宪法规定：不得随意逮捕公民，财产权受到保护，公民享有宗教、言论和结社的自由。毫无疑问，这是一部重视人权的法律，这样一部法律的出现最终将日本推进到现代国家的行列。所以当同治中兴后，清政府自得于拥有世界第8大海军力量，而日本只是第13位时，日本却出人意料地在1895年击败中国，并在1905年击败俄国，成为近代史上第一次也是第一个打败欧洲国家的亚洲国家。

同治中兴的胜利成果最终不堪一击。一个王朝的突围被历史证明未能走出多远，看上去更像一次自我安慰和回光返照，虽然红光满面，却是虚假高潮。所以，那些同治精英们的努力到底昙花一现，落花流水春去也。只是可怜了同治皇帝，又一次担了误国的罪名，尽管他的身份只是看客而已……

二

　　帝国衰败的表征，有很多关键词可以提示。这其中，最准确的词汇应该是"礼崩乐坏"了。

　　同治十二年（1873年），翰林院编修吴大澂向亲政不久的同治帝上了这样一道奏折："若殿陛之下，俨然有不跪之臣，不独国家无此政体，即在廷议礼诸臣，问心何以自安？不独廷臣以为骇异，即普天臣民之心，亦必愤懑而不平；即皇上招携怀远，示以大度，不难从一时之权，而列祖列宗二百余年之旧制，又安可轻易乎？"吴大澂在奏折中甚至直言："朝廷之礼，乃列祖列宗所遗之制，非皇上一人所得而私也。"

　　吴大澂奏折的提出事实上是基于这样一个背景——同治帝亲政后，英、法、俄、美、德等国以公使团名义联名照会总理衙门，向清廷提出觐见清帝、呈递国书的要求。但是以什么礼仪觐见，准确地说是否以跪拜礼觐见清帝，成为这项外事活动能否成功进行的关键。

　　外国公使团当然是不肯跪。80年前，马戛尔尼坚持以"单腿下跪"而不是"双腿下跪"的礼仪觐见了乾隆皇帝；80年后，公使团们想尝试进一步突破的可能——不跪，站着见清帝。

这是个大胆的设想，但对同治来说，却意味着"礼崩乐坏"时代的开始。礼仪是什么？是秩序，是尊卑贵贱，也是国力的象征。帝国做"天下共主"已经几千年了，万邦来朝从来是行跪拜礼觐见的，即便当年马戛尔尼是以"单腿下跪"觐见的，可那也跪了不是，何况只是个案而已，乾隆盛世需要怀柔嘛。但现如今英、法、俄、美、德等国是以公使团名义联名照会的，透着改变天下秩序的野心和实力，而在礼仪改变的背后，毫无疑问是"天下共主"时代的结束和"礼崩乐坏"时代的开始。这是同治朝难以承受的命运之重。

继翰林院编修吴大澂上奏反对外国公使不跪而觐后不久，江南道御史王昕、浙江道御史边宝泉也纷纷上书同治帝，坚持在礼仪问题上不能动摇。边宝泉甚至设身处地为同治提出解决方案，称外国使臣约等同于中国臣子。以中国臣子礼见皇上，怎么可以不跪拜？但同治看上去还是忧心忡忡。一个事实很明显，英、法等国不是中国的属国，外国使臣怎么甘心做中国臣子呢？其实，更要命的问题还不在这里。更要命的问题在于外国使臣和他平起平坐之后，以后的帝国人心怎么收拾——外国使臣都可以平起平坐，那中国臣子呢？是不是也可以参照执行？所以"礼崩乐坏"的背后是人心的土崩瓦解。这是最致命的。

关键时刻，李鸿章介入了进来。在李鸿章看来，帝国正处于

"数千年一大变局"当中。帝国的京城和通商口岸，驻有 10 多个国家的使节，礼仪制度要是不与时俱进，只能自取其祸。事实上祸亦不远——咸丰末年圆明园被烧后的遗迹还触目惊心呢。这个时代，实力说话，而礼仪只是依附在实力身上的一张皮而已。没有这样的认识，就不可能让帝国趋福避祸。

李鸿章还认为："圣贤持论，交邻国与驭臣下，原是截然两义。朝廷礼法严肃，中国臣庶所不容丝毫僭越者，非必概责诸数万里外向未臣服之洋人。"这是礼仪的内外有别，这样的论调在一定程度上打消了同治对于帝国人心涣散的担忧。另外李鸿章古为今用，引孔子的"嘉善而矜不能，所以柔远人"和孟子的"以大事小者，乐天也"这两句名言为同治帝壮胆打气——的确，这样的时代，如果别人不安慰自己，那么自我安慰是最好的选择了。

同治十二年（1873 年）的一天，紫光阁。同治帝终于心情复杂地接见了各国公使。虽然紫光阁是大清皇帝以前经常接见藩属国代表的地方，把觐见地安排在这里，同治心里颇有阿 Q 式的快慰，但帝国的江河日下却已是不争的事实。各国使节们站着向中国皇帝行鞠躬礼，同治无可奈何地接受了。他看上去心情很糟糕，没有穿龙袍，只穿了一件黑色长袍，漫不经心地看着眼前这些长得稀奇古怪也说一口稀奇古怪语言的各国使节，真真无话可说了。还不到 15 分钟，各国使节等待了 12 年的觐见活动就结束了。皇帝最后传下话来，说，以后各位有什么事情直接找总理衙门好了。再无多言。

但这不是最糟糕的时候。在礼仪问题上，最糟糕的时刻要在20多年后才到来。那是在光绪朝《辛丑条约》的谈判中，各国使节对清帝光绪提出了三条与礼仪有关的条件：第一，需派黄色御轿和仪仗走中门迎送使节，并且要在"皇帝接见他们的宫殿前"降升舆；第二，皇帝必须站立会见外国使节，"并直接同他们讲话"，而在1873年同治接见各国使节时，皇帝在觐见时可以"坐立自便"；第三，必须在乾清宫为外交团举行宴会，同时皇帝须出席。这其中的第一条实在是直指帝国的命脉。因为黄色御轿乃皇帝专用，各国使节要坐黄色御轿进出中门，并且超越王公大臣的规格不在东华门外降舆，直接在"皇帝接见他们的宫殿前"降升舆，毫不客气地将帝国传承千年的礼仪制度踩在脚下，天朝上国的脸面至此已是荡然无存了。

所以，在这样的大历史观下来看1873年同治朝的觐见，真可谓一次意味深长的改变和预警。应该说，这是礼崩乐坏的开始，帝国的秩序变得骚动不安，人心也喧嚣了起来，只是同治帝看上去面目模糊，他苍白而无力地坐在龙椅上，直将自己坐成一个时代萎缩的符号。有仙乐飘飘不知从何处传来，让每一个人都沉醉其间，却不知这仙乐其实是凶兆，在历史拐点时刻出现的一次凶险警告。

三

同治元年（1862 年），登基大典。6 岁的小皇帝在冗长的仪式中，终于失去了耐心和配合的兴趣，而是张扬起他的生命本能，不懂事地撒了一泡尿，尿湿了龙椅。这不是个好征兆，所谓乱世之中，不谈个性，尤其是非实力人物，但很显然，6 岁的小孩不知道这些。在随后的权力格局中，小皇帝发现他和母亲的关系迥异于寻常。"一日，老佛爷召见载淳，载淳行于前，战栗不止，甚至不敢抬头仰望。"这是一个太监眼中同治母子关系的真实记录。这样的关系充满了隔阂和冷漠，阴谋和算计。权力切割了亲情，也让一切事变得不正常起来。同治帝 13 岁那年，慈禧并没有将最高权力移交给他，而按惯例，清廷的天子差不多都在这样的年龄开始亲政了。这是一种不正常。

不正常的母子关系具有巨大的杀伤力。它首先带来的是对同治生命活力的扼杀。每天，他做天子状在龙椅上正襟危坐，在养心殿里做那个时代最著名的行尸走肉。同治的权力被抽离了，他的情感也被抽离了。毫无疑问，这导致了一个人的异化。没有人知道这样的异化会产生什么样的后果，因为最大的伤害还没有到来——那是亲情对爱情的霸占或者说掠夺，它在最后时刻破灭了同治对这个世界的美好想象。仅存的美好想象。

《清代外史》记载，同治帝 18 岁那年，看上了状元崇绮的女儿阿鲁特氏。这大约是一种爱情，并且，同治帝也得到了爱情，这是皇帝宫廷生活中绝无仅有的美好体验，但很快，他的体验被蒙上了阴影，因为慈禧也看上了一个女人，侍郎凤秀家的女儿，她想让后者做自己的儿媳妇。最后的结果虽然由于同治帝的坚持，阿鲁特氏被立为皇后，可与此同时，凤秀女也被封为慧妃。这是慈禧太后干预的结果。这实在是两败俱伤的结果——同治帝如鲠在喉，婚姻生活不尽人意；慈禧太后也悻悻然茫茫然，觉得儿子大了，自己难以掌控。

为了证明自己的掌控力一如从前，慈禧太后悍然下了这样一条懿旨或者说家规：慧妃贤明淑德，皇上宜多加体贴；皇后年少，礼节未娴，皇上不应太过耽迷，误了政事。这让同治帝进退两难。所谓动辄得咎，他难与人言的爱情在母亲这里受到了粗暴的干涉，为了反抗这样的干涉，同治帝索性一个都不靠近，而在宫廷之外寻找那点可怜的生命欢乐——野史记载："伶人小六如、春眉，娼小凤辈，皆邀幸。"到了后期，同治帝的性乱甚至到了不顾颜面的地步。一份史料这样记载同治狎幸太监杜之锡和他姐姐的："有奄杜之锡者，状若少女，帝幸之。之锡有姊，固金鱼池娼也。更引帝与之狎。由是溺于色，渐致忘返。"同治，这个皇宫内的零余者，权力

清
永瑢
《平安如意图》

學餘遊藝點功夫寫作平
安如意圖恰合歲朝呈吉語
永綿億載奉
慈懽 題永瑢所繪歲朝圖恭進
聖母以博一哂 戊子新正瀉筆

子臣永瑢恭畫

格局中最大的看客就以这样一种自虐的方式完成了他生命中的人格嬗变。他毫无顾忌的放浪形骸实际上是一种人格反抗或者扭曲，同治在宫廷之外一具具可疑的女人肉体上麻醉自己、放纵自己，从而也放纵了帝国的责任，丧失了可能的自救机会。

在这个意义上说，同治帝的人格嬗变其实也是帝国国家形象或者国家气质的一种深层嬗变。因为这样的性乱毫无疑问就是自戕，同治帝的报应可以说呼之欲出，他的身体也很快出现了症状。在同治最后的日子里，翁同龢在他的日记里详细描述了报应（身体症状）的可怕程度：农历十一月二十三日，"晤太医李竹轩、庄某于内务府坐处，据云：脉息皆弱而无力，腰间肿处，两孔皆流脓，亦流腥水，而根盘甚大，渐流向背，外溃则口甚大，内溃则不可言，意甚为难"。二十八日，"腰间溃如椀，其口在边上，揭膏药则汁如箭激，丑刻如此，卯刻复揭，又流半盅"。二十九日，"御医为他揭膏药挤脓，脓已半盅，色白而气腥，漫肿一片，腰以下皆平，色微紫，看上去病已深"。这样的描述反复让人闻到了一个王朝的恶臭，看到了一朵恶之花的邪恶绽放——也只有在这样的王朝，这样的人格嬗变中，一个皇帝才可能这样痛苦不堪。

但痛苦不仅仅属于同治帝一人，它弥漫于整个同治王朝。皇后阿鲁特氏也痛苦。她目睹了同治在恶臭中死去，也分明闻到了整个王朝的腐烂气味。慈禧皇太后和她是不相容的，慈禧甚至不允许其去养心殿探视丈夫，为此所采取的对策是"牵后发以出，且痛挟之"——在大庭广众之下揪着阿鲁特氏的头发将她拖出养心殿，并且边拖边打——一个皇后的尊严就这样被践踏了，以至于阿鲁特氏要苦苦哀求慈禧才能保住自己性命："媳妇是从大清门抬进来的，请太后留媳妇的体面！"

不过阿鲁特氏最终还是随同治帝去了。在同治帝死后 75 天，年仅 22 岁的她遵照慈禧的懿旨（"可随大行皇帝去！"）自杀身亡。夫妻二人终于在死后同居一室了。这是一个王朝的残酷与决绝，也可以说是最高权力锋利与无情的再一次证明。

那么，慈禧就不痛苦吗？在皇权角逐的游戏中，慈禧是不是那个唯一的收获者？也许，她是。但她的痛苦也是显而易见的，只是难与人言。在同治去世时，这位三十九岁的女人，虽然位极人臣，却丧夫又丧子，情感生活是空白的，也是变异的。帝国的重量压在她一个人身上，又要背负千古骂名，寻常女人的幸福，于她是一概无缘了。所以说到底，慈禧也是同治朝的失意者。这个王朝，最后竟没有一个赢家，真是衰败得可以了。

四

1875 年 1 月 17 日，同治死后不久，美国《纽约时报》发表了一篇题为《同治皇帝暴卒，北京政局扑朔迷离》的文章，该文作者以伤感而不无忧虑的笔触写道："通常情况下，一位清国皇帝的死并不会在外界的政治生活表层上掀起这么大的波澜。现在，由于这个伟大帝国的未来预示着将会和其他国家的事务交织在一起，而同治皇帝只统治了如此短暂的时间就死去了，那么，这位令人敬畏的大清皇帝的死肯定会对当今世界产生深远的影响……同治皇帝没有自己的儿子，他把皇位留给了另一个未成年的继承人，大清帝国的实际统治权将因此再次落到摄政者的手里。我们现在还无法说出究竟是谁在掌管大清政府。显而易见，除非清国人破除先例，否则可以预料，清国的国际政策在未来数年之内，将会和当初外国人寻求与清国建立紧密外交和贸易关系时所遭遇的一样扑朔迷离。"

历史总是惊人的相似。同治皇帝终于和咸丰皇帝一样暴卒了，政局也一样的扑朔迷离。后咸丰时代，一个女人的出现改变了帝国命运的走向。现在是后同治时代，那个被称为慈禧太后的女人，是否依然会改变帝国命运的走向呢？

4年之后，也就是光绪五年（1879年），吏部主事吴可读突然在苏州的一所废庙里服药自杀，从而揭开了围绕着皇位更替展开的那些阴谋与欲望。同治朝有一个被嬗改的开头，也同样有一个被嬗改的结局。这完全是一个被改变的王朝，那双不由分说改变历史的翻云覆雨手依然是传说中的纤纤玉手。

事实上，和咸丰帝一样，同治皇帝也对自己的身后事做出了独立安排。据《东华续录》和《满清稗史》记载：同治皇帝自己没有儿子，他在临终前便"口授遗诏"，立贝勒载澍为帝。但是很快，这份遗诏被慈禧太后撕碎了。一个王朝的后续线索刚一露头就被掐断，只能昭示同治朝的力不从心和转瞬即逝。

慈禧看中了醇亲王奕譞的儿子载湉（即后来的光绪皇帝）。这说起来应该是制度突破了。载澍和载湉虽然只有一字之差，其中却埋伏着帝国皇位继承的制度安排。如果慈禧从下一辈（溥字辈）挑选皇位继承人的话，那她就被尊为太皇太后，不再有资格垂帘听政了。而当时的载湉虽然只有四岁，却和同治帝平辈，另外他的母亲又是慈禧胞妹。载湉一旦即位，慈禧仍可仿旧制垂帘听政。一个女人的机心就此截断了历史发展的逻辑链条，刹那间绽放出妖艳的机锋。

慈禧成功了。这是个阳盛阴衰的帝国，妖艳的机锋横扫一切。虽然慈禧强立载湉为帝，将皇后阿鲁特氏推到身份尴尬的境地（既非皇后也非皇太后），但世事的真谛是新陈代谢。阿鲁特氏最后的归宿只能是自杀殉夫。

同治朝至此彻底结束。虽然还有余音绕梁，比如，在慈禧强立载湉为帝后，内阁侍读学士广安和御史潘敦俨上奏表示反对，吏部主事吴可读甚至服药自杀，尸谏抗议慈禧的"倒行逆施"，但是反对无效，慈禧还是孤身走我路。那个叫光绪的天子最终被抱上了太和殿的龙椅，目睹了一场以他的名义举行的登基典礼。慈禧太后颁谕布告天下，改年号为光绪，年仅四岁的载湉被合法地宣布为清入关后的第 9 代皇帝——光绪皇帝。

虽然这个小皇帝看上去茫然无措，在龙椅上坐卧不宁，很有张扬其生命本能，在上面撒一泡尿的冲动，一如 10 多年前，6 岁的咸丰干过的那样……但一切都已结束，一切正在开始，任何的细枝末节或者说个人小情绪无关紧要。

历史正在不由分说地向前。它不容置疑。

前 3 年

光绪二十三年之前的 3 年，是光绪二十年（1894 年）。这是一个极其微妙的年头，充满了无限的可能和不可能。帝国有一些蠢蠢欲动，有一些蓄势待发，有一些欢欣鼓舞，有一些风雨欲来。这一年，41 岁的南通人张謇考得了状元。这是他自 16 岁中了秀才后，长达 25 年科举跋涉的结果。随后他被授予六品翰林院修撰。事实上张謇的修得正果要得益于慈禧太后的 60 大寿，帝国为了庆祝这个吉诞，破例多开一次科举考试，而早已心灰意冷的张謇被父亲和伯父强逼着做最后一搏，没想到否极泰来，功成名就。

这一年 1 月，名不见经传的孙中山写了《上李鸿章书》，提出"人能尽其才，地能尽其利，物能尽其用，货能畅其流" 4 项主张。但是很遗憾，他没能面见李鸿章。6 个月后，甲午中日战争爆发。10 个月后，孙中山在夏威夷檀香山建立了中国第一个革命政党兴中会（即中国国民党之前身）。帝国开始有了异动。

帝国的异动当然不是从这一年才开始的。此前一年，在商海沉浮多年的郑观应出版了《盛世危言》一书，军机处章京陈炽则撰成《庸书》，主张参照西方政治制度，立宪法、开议院，实行"君民共主"。他们似乎是先知先觉了，但是帝国不为所动。帝国在这一年忙着向官绅商民借款，以筹措甲午战争的军费。户部正儿八经地拟定《息借章程》，规定月息 7 厘，6 个月为一期，两年半还本付息。这大约是帝国最早发行的内债了。还不错，此次"息借商款"筹措了 1100 余万两银子，大大解了帝国的燃眉之急。

但光绪皇帝的眉头始终没有舒展开来。他是光绪二十年（1894年）最操心、最焦虑的人儿。一方面太后的 60 大寿不能不办，也不能不办好；另一方面，迫在眉睫的战争不能不化解，可这里头却是两难，光绪一时间找不出破解之道。

早在 3 年前，慈禧宣布："南北洋购买外洋枪炮、船只、机器暂停二年，解部充饷。"随后，帝国拨出 3000 万两银子的专款，以为慈禧太后举办庆寿典礼之用。在慈禧太后的庆典想象中，光绪二十年（1894年）的农历十月初十（慈禧太后生日）应该大排銮驾，在从西华门到颐和园的几十里大道旁，应该搭建经坛、戏台、彩殿、牌楼，热热闹闹庆贺她的吉诞。然后就是在颐和园内听大戏，开大宴，难忘今宵。但光绪却突然向太后提出"请停颐和园工程以充军费"——由此，帝后党争从幕后走向台前。一场即将到来的战争成为帝国政治博弈的催化剂。慈禧太后当着皇帝的面对主战的翁同龢等御前大臣说了这样一句话："今日令吾不欢者，我亦将令彼终身不欢。"（见范文澜《中国近代史》）这意思是"谁让我痛苦一下子，我让谁痛苦一辈子"。慈禧太后这话既然是当着光绪皇帝的面说的，那就是针对他的——果然，若干年后，变法失败的皇帝被囚禁了。光绪的余生毫无疑问是痛苦不堪的。

但1894年的光绪最初还是生机盎然的，起码看上去无所畏惧。这一年，他24岁。24岁的皇帝这样对李鸿章下令道："著李鸿章严饬派出各军，迅速进剿。"李鸿章却自得于北洋舰队"声势已壮……入可以驻守辽渤，出可以援应他处，辅以各炮台陆军驻守，良足拱卫京畿"。所以他既不主动出击，也无所作为，直到这支名声在外的舰队全军覆没。当败局已定时，光绪悲愤地诏责李鸿章："北洋创办海军，殚尽十年财力，一旦悉毁于敌……李鸿章专任此事，自问当得何罪?"他下令拔去李鸿章"三眼花翎"，褫去"黄马褂"，但李鸿章在慈禧太后的庇护下安然涉险——其深层原因其实在于后党构筑了一道强有力的防火墙，令光绪皇帝无奈加无趣。对此，历史家范文澜如是分析："中日战争与帝后党争有密切关系。帝党主战要在战争中削弱后党，后党主和，要保住自己的实力，两党借和战争夺权利，随着军事的惨败，后党在政争上取得胜利。"

所以1894年的光绪虽然看上去是生机盎然的，可生机盎然的

161

背后却是苍白无力。而 1894 年也注定成为一个告别的年头，与同治中兴 30 余年来改革的成果说再见。从 1860 年开始的帝国自救运动虽然有一个不算太坏的开始，但结局却是惨不忍睹。因为它宣告了一个时代的结束。

于是，在帝国的一襟晚照中，光绪只能摆一个不自然的姿势，留下一个生硬表情。他的灿烂笑容转瞬即逝，而慈禧太后开始睚眦必报了。4 年之后的 1898 年，光绪的老师、帝党重要成员翁同龢被太后开缺了，随后，他自己也差点被开缺，只保留了一个名义上的职位或者说称号——皇帝。这样的时候，19 世纪走到了尽头，新世纪正扑面而来，吉凶未辨。

后 1 年

光绪二十四年，是戊戌年，公元 1898 年。帝国的权力格局究竟呈现了怎样的变化呢？

6 月，翁同龢突然发现自己肩上的担子加大了，起因是 6 月 11 日，光绪皇帝下了《定国是诏》："嗣后中外大小诸臣，自王公以及士庶，各宜努力向上，发愤为雄，以圣贤义理之学植其根本，又须博采西学之切于时务者，实力讲求，以救空疏迂谬之弊。"这是倡言变法的意思，翁同龢作为戊戌变法的总协调人，"事皆同龢主之"。

世上事因果轮回。此前几天，操劳"洋务"近 40 年的恭亲王奕訢与世长辞了。他的辞世无意间打破了帝后党争的胶着状态，从而让光绪皇帝有了些许操作的空间——皇帝似乎可以有所作为了。但是仅仅 4 天之后，翁同龢突然去职——慈禧太后假光绪之手，革去了翁的"协办大学士"职，"开缺回籍"，太后给出的罪名是翁同龢"每于召对时，咨询事件，任意可否，喜怒见于形色，渐露揽权狂悖情状"。

这是戊戌变法的开始阶段。慈禧太后不动声色地给光绪去势，令他只能带着一群总理衙门的小"章京"去有所作为。或者说翁同龢的去职是一个信号，进一步混沌了帝国的权力格局，模糊了维新变法可能的方向。

事实上在1898年帝国权力博弈谱系上，忠于太后的力量和忠于皇帝的力量是不对等的。光绪皇帝始终处于弱势地位。几位军机大臣礼亲王世铎、刚毅、钱应溥、廖寿恒、王文韶除了廖寿恒暗中支持改革外，其他的都站在了光绪皇帝的对立面。大学士徐桐扬言："宁可亡国，不可变法。"大学士刚毅在慈禧面前伏地痛哭，称："痛心疾首于新政，必尽罢之而后快。"荣禄则在方法论上为慈禧提供支持："欲废皇上，而不得其罪名，不如听其颠倒改革，使天下共愤，然后一举而擒之。"

当然这样的不对等仅仅是一个表象，毕竟变法是大势所趋，是帝国自救的唯一正途。几年之后，当被软禁的光绪皇帝惊愕地发现慈禧太后步他后尘再言新政时，他或许应该明白，自己输了1898年的这场较量——两个最高权力中枢的人主宰帝国命运的较量。

较量是针锋相对的，就像康有为和荣禄的问答。康有为变法期间在等候皇帝召见时曾经路遇荣禄。两人有过一段锋芒毕露的对话。

廬山遠公昔游種白蓮以
从人為社、中陶淵明謝
靈運一國無酒而不至一好
遊而長未對陶修靜云陶

清
上官周
《廬山觀觀蓮圖》

荣禄问："以子之大才，亦将有补救时局之术否？"康有为答："非变法不能救中国也。"荣禄问："固知法当变也。但一二百年之成法，一旦能遽变乎?"康有为答："杀几个一品大员，法即变矣!"康有为如此这般的回答应该说透着他的不妥协和以死明志的消息。

也许，最初的较量还是有悬念的。慈禧太后长袖善舞，精于权谋。懂得先发制人，也懂得后发制人，但光绪的新政代了一种进步的潮流。他年轻，有激情，等得起，换句话说时间在他这边。只要光绪谦虚谨慎、不急不躁，他或许可以笑到最后。

只是很遗憾——年轻最后输给了年老，激情输给了计谋。在1898年帝国权力博弈谱系上，我们看到慈禧太后出招了，她不疾不徐，却处处留有后手或者说伏笔。6月15日，慈禧在让翁同龢去职的同时，任命她的亲信荣禄署理直隶总督兼北洋大臣，同时下谕着直隶总督王文韶入京。不久，荣禄的官职由署理而实授，并加文渊阁大学士衔，另统率甘军（董福祥）、武毅军（聂士诚）、新建陆军（袁世凯）三军。10天后，慈禧太后又命派怀塔布管理圆明园官兵，刚毅管理健锐营。毫无疑问，慈禧太后发出的一系列信号只指向一个图谋——将政权牢牢抓在自己手里。

枪杆子以外，还有权把子。慈禧令光绪帝下谕："嗣后在廷臣工，仰蒙慈格端佑康颐临豫庄诚寿恭钦献崇熙皇太后赏顶，及补授文武一品，既满汉侍郎，均着于具折后，恭诣皇太后谢恩，各省将军都统督抚提督军臣，亦一体具奏折谢。"二品以上大臣授新职，必须到皇太后面前具折谢恩，这是对最高权力归属的明确指证，也变相剥夺了光绪亲政以后暂时的皇权支配资格。如果具体到当时的变法实践活动，慈禧此举一可以防止光绪起用新党人物担任高层职位，二可以防止亲太后派的守旧大臣被废黜。一举两得。

光绪当然也出招，但光绪的招法刚有余而柔不足，表面上很凶猛，却没有后劲，显得苍白脆弱。在差不多3个月的时间里，光绪接连下了100多道有关新政的诏令，所谓"维新之诏联翩而下"，但是政令出不了紫禁城。从中央到地方，支持新政的寥寥无几。中央二品以上大臣，唯刑部左侍郎李端棻一人敢言新政，地方上除了湖南巡抚陈宝箴还属真心支持新政外，其他"枢臣俱模棱不奉，或言不懂，或言未办过"。这是一种观望或者说排队，在太后与皇帝之间，很多人心里有自己的小九九。

6月16日是意味深长的一天。这一天，康有为向光绪进呈《波兰分灭记》《列国政要比较表》，御史胡孚宸则奏劾户部左侍郎（相当于财政部副部长）张荫桓受贿260万两。62岁的张荫桓当时负责京师矿务铁路总局的工作，支持新政。事实上张荫桓有没有受贿不重要，重要的是御史胡孚宸选择在这样一个敏感时刻奏劾他，体现了一种政治上的较劲与僵持——新政每行一步都会有阻力。

不过对慈禧太后来说，光绪对她有杀伤力的出招还在两个多月后。9月4日这一天，光绪下令将怀塔布、许应骙、堃岫、徐会沣、溥颋、曾广汉等阻碍变法的礼部六堂官革职。同时赏礼部主事王照三品顶戴，以四品京堂候补，以示激励。光绪这样的操作当然事出有因。因为此前3天，王照上疏，请光绪帝游历日本等国，以考察各国变法情况。但是怀塔布、许应骙却不肯代送其疏。许应骙甚至上奏弹劾王照"咆哮署堂，借端挟制"。光绪便出手了。光绪的出手是一个连续性的动作。他随后召见谭嗣同，并命谭嗣同、杨锐、林旭、刘光第以四品卿衔在军机章京上行走，还直接召令直隶按察使袁世凯来京陛见，面谈后升任他为侍郎候补。光绪此举在慈禧太后看来不仅有笼络人心之嫌，还有阴谋作乱的可能。因为袁世凯不仅是直隶按察使，还统率新建陆军，可谓实力人物。更要命的是光绪公开要权了。9月13日，光绪帝请旨拟开懋勤殿，设顾问官。这真是危险的挑战——光绪开懋勤殿无异于设立政治改革中心，至于设顾问官是请日本前首相、明治维新的重要角色伊藤博文担任光绪的改革顾问。虽然这只是个动议，但慈禧却心存疑虑。她大声说"不"了。由此两人摊牌的时刻不期而至。

透过1898年的迷雾，我们也许还能依稀看见那场不对等的较量是如何一一展开的。最后时刻，光绪慌了手脚，露出了他的生硬和迷茫，天真和急迫。9月17日，事情紧急，光绪帝再次召见袁世凯，命他与直隶总督荣禄各办各事。但他对袁世凯的政治倾向却一点都不摸底。同样不摸底的人儿还有谭嗣同。他竟然夜访袁世凯，说皇上希望他袁世凯起兵勤王，诛杀荣禄以及包围慈禧住的颐和园，将自己的政治底牌泄露无遗，也让光绪没有了任何回旋的余地。

相比之下，慈禧太后的手腕要老辣和从容不迫得多。首先，她很敏感。18 日，当她看到御史杨崇伊的奏折上说："风闻东洋故相伊藤博文即日到京，将专政柄。"立刻决定从颐和园回城监察。20 日，当光绪接见"自行游历"的伊藤博文，询问日本改革情况时，慈禧太后到场监听，令光绪不敢有所作为。这场原本有很大操作空间的会见仅仅持续了 15 分钟就结束了，伊藤博文没有什么收获，光绪也同样没有任何收获。不仅如此，光绪的命运在第 2 天急转直下。由于荣禄的密报，说光绪帝欲软禁太后，9 月 21 日（八月初六）凌晨，慈禧太后率卫队囚禁了光绪帝，然后下诏训政——这场 1898 年的较量在中秋节前就匆匆结束了。光绪的权力人生犹如昙花一现，黯然收场。

从历史上看，任何变法其实都是需要买单的，戊戌变法尤其如此。事败之后，杨锐、刘光第、谭嗣同、杨深秀、康广仁、林旭 6 人以"谋围颐和园、劫制皇太后"等罪名被"即行处斩"，张荫桓发配新疆，交地方官"严加管束"，两年后他在新疆被杀。光绪则被软禁在中南海瀛台，度过他的余生。1898 年帝国的权力博弈谱系在经过激烈的震荡之后重归平静。

后 3 年

　　光绪二十三年之后的第 3 个年头是 1900 年。这是一个充满了暗示的年份。它是开始与告别，是欢乐圆舞曲，也是忧伤的离歌。这一年 6 月 22 日，敦煌莫高窟下寺道士王圆箓在清理积沙时，无意中发现了藏经洞，从而让公元 4 世纪至 11 世纪的佛教经卷、社会文书、刺绣、绢画、法器等 5 万余件文物重现人间。但是很快，藏经洞的绝大部分文物被闻风而至的英、法、日、美、俄等国探险家劫掠到世界各地，中华文明的命运在 1900 年由灵光一现变得支离破碎。

　　同样是在这一年，首次发现甲骨文并购藏它的王懿荣以身殉国。这位光绪六年（1880 年）的进士时任京师团练大臣，负责保卫京城。当 7 月 20 日，八国联军攻入东便门后，他偕妻小投河殉国，时年 55 岁，身后留下大量甲骨文无人看守，更无人整理和破译。

甲骨文和莫高窟"藏经洞"的发现时间分别在 19 世纪的最后一年和 20 世纪的第一年，中华文明最神秘和最久远的风采乍现人间，但人间正是乱世，光绪王朝此时岌岌可危，所以文明的命运注定是要流离失所的，这是 1900 年的帝国难以逃脱的宿命。

在莫高窟"藏经洞"被发现前 6 日，第 2 届奥林匹克运动会在巴黎开幕。在和平的旗帜下，英、美、法、德各驻华公使一再照会清政府，必须严厉镇压义和团及惩办镇压不力的官吏。这是危险的信号，此时在帝国内部，义和团与外国使馆卫队的冲突愈演愈烈，帝国对其是抚是剿，必须要有一个明确的态度和行动。这个问题貌似简单，非此即彼，可在决策的背后却隐藏着对皇权的争夺和帝国今后命运的判断或者说把握。总理各国事务衙门的许景澄、袁昶、联元等与封疆大吏李鸿章、刘坤一、张之洞等人主剿。给出的理由是内忧外患，不先解决内忧就无从解除外患，如果招抚义和团，毫无疑问将给列强以入侵帝国的口实，此举风险甚大；而端王载漪、军机大臣、吏部尚书刚毅以及大学士徐桐则主张招抚义和团，但背后的理由却是上不了台面的。因为此 3 人中，载漪是诏立大阿哥溥儁的父亲，徐桐是溥儁的老师，刚毅则是后党集团的骨干，他们主张招抚义和团的目的是利用后者为其火中取栗，抗击一直支持光绪皇帝的西方列强，以武力解决废立问题，光绪下台，溥儁登基。所以端王载漪等将爱国的口号喊得震天响，私底下却以售其奸。

慈禧太后首鼠两端。她当然也想让光绪下台，溥儁登基。但义和团真能抗击列强吗？这是一个问题。一天，慈禧太后在仪鸾殿召开了御前会议，此前她已连续4次召开大臣、六部九卿会议讨论剿抚问题。无果。这一次的御前会议观点依旧针锋相对，结论依旧无果。忠于慈禧太后的力量和忠于光绪皇帝的力量胶着在一起，历史的脚步停滞了下来。

一个人开始铤而走险，准备有所作为。载漪。他在这个原本平淡无奇的夜晚制作了一份不平淡的文件——列强"归政照会"，从而改变了历史可能的前进脚步。这份通过秘密渠道送到慈禧太后手中的"归政照会"令她下定了决心。因为"归政照会"中有这样一条："勒令皇太后归政。"此后的形势急转直下。第2天，御前会议再次召开，慈禧太后宣布"我为江山社稷，不得已而宣战"。6月21日，清政府以光绪的名义，向英、美、法、德、意、日、俄、西、比、荷、奥11国同时宣战，同时谕令各省督抚招集"义民"组团，以借力抵御列强。7月13日，八国联军分两路向天津城内发起总攻。7月14日，八国联军占领天津。8月14日，八国联军攻入北京——历史的残酷性至此清晰呈现，真可谓泾渭分明。

帝国在8月15日这一天尊严扫地。这一天清晨，北京城下着忧伤的细雨，打湿了一支千余人的队伍，他们中有慈禧、光绪以及载漪、溥儁、奕劻、善耆、载勋、载澜、载泽、溥兴、溥伦、刚毅、赵舒翘、英年等，还包括内监李莲英。一个王朝的家底就这么稀稀拉拉地出发了，他们行走在逃难的路上，直至傍晚，到达昌平。这一天，光绪皇帝和慈禧太后饥寒交迫。一份史料如此记载光绪皇帝和慈禧太后在这一天的狼狈行状："上及太后不食已一日矣，民或献蜀黍，以手掬食之。太后泣，上亦泣。时天寒，求卧具不得，村妇以布被进，濯犹未干。夜燃豆萁，人相枕藉而卧。"

狼狈的不仅仅是光绪皇帝和慈禧太后，还有整个京城。从这一天开始，北京城的狼狈难与人言。这是一种羞辱式的狼狈，也是尊严扫地的狼狈。它构成了帝国最深层次的灾难和创痛。八国联军进城以后，于 8 月 28 日在皇宫举行了阅兵式，俄军、日军、英军、美军、法军、德军、意军、奥军等 3000 多人在天安门广场金水桥前集结列队，然后通过天安门、端门，再穿过皇宫，最后出神武门。现场有俄国军乐队吹奏各国国歌、乐曲，欢乐的气氛响彻云霄。随后，八国联军统帅、德军元帅瓦德西特许士兵公开抢劫 3 天，联军抢走北京各衙署存款约 6000 万两白银，而象征帝国礼仪尊严的鼓楼更鼓，则被日军用刺刀刺破。至于帝国统治阶层的尊严，更被踩在脚下：大学士倭仁的妻子已经 90 岁了，被侵略军欺辱而死；同治皇后的父亲、户部尚书崇绮的妻子、女儿也在天坛这一神圣的场所遭到八国联军数十人的轮奸⋯⋯英国人记载说："北京成了真正的坟场，到处都是死人，无人掩埋他们，任凭野狗去啃

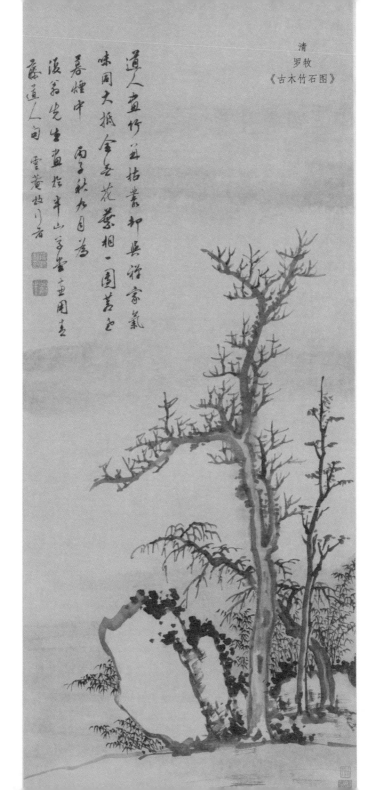

清
罗牧
《古木竹石图》

食躺着的尸体。"与此同时，清廷以光绪帝名义发布"罪己诏"，向列强政府赔礼致歉。9月25日，清廷屈从德国的意见惩处主战大臣，将10名王公大臣革处，并分别向德国、日本发出国电，对克林德、杉山彬之死表示哀悼和歉意。

帝国尊严扫地，北京已然沉沦，东北也不例外。这一年，俄国政府一面派兵参与进军北京的联军；一面调集17万大军，兵分6路全面入侵东北。10月下旬，东北铁路沿线及主要城市，全部沦陷。这一年，俄国还制造了海兰泡惨案和江东六十四屯血案，宣布江东六十四屯归俄国管辖，不准已经逃离的中国居民重返家园——帝国的子民真正的流离失所了，一如他们的国君，"西狩"西安。

…………

光绪二十六年（1900年），这一年大清帝国步履蹒跚，去日无多。光绪皇帝和慈禧太后"西狩"的时候，八国联军"当仁不让"地在京成立了"管理北京委员会"。帝国垂垂老矣，已然无可奈何。正是在这样的历史时刻，梁启超在《清议报》第35册上发表了《少年中国说》："……一朝廷之老且死，犹一人之老且死也，于吾所谓中国者何与焉。然则，吾中国者，前此尚未出现于世界，而今乃始萌芽云尔。天地大矣，前途辽矣。美哉我少年中国乎！壮哉，我少年中国……"梁启超发表此文的时间是1900年2月10日，正是春寒料峭时刻，也是有历史深意存焉的时刻。同样在这一年，梁启超致书孙中山，商谈两党合作事宜。陈少白则受孙中山之命在香港筹办《中国日报》。此后不久，清政府下令停止武科科举考试。而在遥远的俄国，一个名叫高尔基的人完成了《春天的旋律》这组文章，其中包括后人广为传颂的《海燕之歌》——新时代、新气息扑面而来，而在中国西安，清廷在许诺向列强赔款4.5亿两白银之后，准备启程回京了。这时已经是两年后的1902年了，这一年其实跟往年一样，有很多人去世，也有很多人出生。值得注意的是有三个重量级的人物在该年出生，他们是物理学家周培源，数学家苏步青，文学家沈从文，这些人才华卓著，注定是影响时代的人物——但是很遗憾，他们与光绪王朝无关，而只属于未来。因为光绪朝经此一劫后，无可奈何地进入了倒计时时间……

后8年

光绪二十三年之后的第 8 年光绪三十一年（1905 年）。甲辰。龙年。在日本是明治三十八年，越南则是成泰十七年。这一年动静颇大，意大利卡拉布里亚发生了 7.9 级地震，约 2500 人丧生；印度肯拉发生 8.6 级地震，1.9 万人丧生。这是自然界的不正常反应。世事也是如此。在帝国内部，世事变迁时发出的呼啸声和断裂声时有耳闻。以中国为战场的日俄战争悍然进行，帝国宣布保持局外中立；9 月 24 日，帝国派出考察立宪的五大臣在北京正阳门车站遭到自杀性炸弹袭击。一个叫吴樾的激进革命党人在写完《暗杀时代》一书后以自己的生命为代价实践了他的革命理念；12 月 8 日，华兴会、中国同盟会会员陈天华，因反对日本《取缔清韩留日学生规则》而投海自尽。这一年，帝国拍摄了首部电影《定军山》，《申报》首次使用"记者"这个名词，孙中山在《民报》创刊词中首次提出"三民主义"。这些带有首创性质的事件应该说都是世事大

178

变迁的象征，它们似乎预兆了帝国令人不安的前景。就在这一片纷繁和喧嚣之中，一件带有根本性改变的事件悄然发生了，只是当时的人们并不清楚这其中的意味深长。正所谓"谁都不是千里眼，只是当时已惘然"。

它，究竟是一件什么事呢?

在江南水师学堂学习的周作人兄弟这一年为当水手还是做秀才首鼠两端。因为有消息传来，说科举将废。此前一年也就是光绪三十年（1904 年），帝国在开封举行了一次混乱不堪却又带着离愁别绪的会试。本来依常理，会试应在京师贡院进行，可京师贡院在庚子拳乱中毁于一旦，帝国将陋就简，把 1904 年的甲辰会试放在了开封。11866 间房的考场，一人一间，将同等数量的考生在考场内关了 3 天 3 夜，吃喝拉撒睡全在其间，最后择出刘春霖、朱汝珍、商衍鎏三人为状元、榜眼、探花。会试期间，一度传出不和谐音，发生了举子闹考事件，考生们怀疑主考官有贪贿之嫌，再加上考场舞弊成风，一些清白正直的考生认为自己利益受损，便群起抗争，还击打了考官，使得甲辰会试匆匆收场。

事实上不管是匆匆收场还是从容收场，甲辰会试注定将成为帝国科举史上的绝响。光绪三十一年八月初四（1905 年 9 月 2 日），清廷颁布上谕："方今时局多艰，储才为急，朝廷以提倡科学为急务，屡降明谕，饬令各督抚广设学堂，将俾全国之人咸趋实学，以备任使，用意至为深厚……着即自丙午科为始，所有乡、会试一律停止，各省岁科考试亦即停止。其以前之举、贡、生员分别量予出路，及其余各条，均着照所请办理。"丙午科是原定于光绪三十二年（1906年）举行的科考，上谕的发布标志着丙午科的科举考试不再举行，也标志着一个时代的终结。

从1905年科举废止，到6年后大清王朝终结，一个帝国的死亡路径实在是简捷得可以。在这个意义上说，帝国与科举的关系互为表里。皮之不存，毛将焉附。只是当时的帝国决策层没有这个深远的认识，抑或认识到了，也是无可奈何花落去，只能是且战且退了。

在读书人中，山西举人刘大鹏首先发现了问题的严重性——他们这些读书人的前途被阉割了。虽然清廷上谕要给"以前之举、贡、生员分别量予出路"，可整个制度抛弃了他们之后，他们的前途和对帝国的忠诚也就一文不值了。这些人甚至失去了谋生能力。作为类似刘大鹏这样的读书人，仕途之路被封死后原本还可以选择开馆授课，可现在科举既废，新式学堂如雨后春笋般出现，刘大鹏们的开馆授课就变得毫无市场了。所以刘大鹏感慨："嗟乎！士为四民之首，坐失其业，谋生无术，生当此时，将如之何?"

当然，刘大鹏式的感慨帝国也不是毫无察觉。1906年3月9日，政务处奏："现科举初停，学堂未广，各省举贡人数，合计不下数万人，生员不下数十万人……中年以上不能再入学堂。原奏保送优拔两途，定额无多，此外不免穷途之叹。"（见《光绪朝东华录》）御史叶芾棠也在一份奏折中指出科举废除后"士为四民之首，近已绝无生路"。"四民之首"已无生路可言，帝国还有生路吗？有鉴于此，御史胡思敬在随后不久主张恢复科举制度，以挽救危局。但是他的主张如石沉大海，在帝国决策层里得不到任何回响。的确，这是个两难选择，废止还是恢复科举制度，似乎都有无尽的凶险。

1905 年的凶险可以说随处可见，这一年帝国的新军编练如火如荼，但是需要军官 3 万人以上。于是在全国 36 镇的编练队伍中，很多失意文人成了职业军官。若干年后，这些职业军官成了保定军校、黄埔军校的军事冒险家，他们是乱世中国的命运主宰者。差不多与此同时，那些因为科举废止被迫出国留学的新式文人，则很快成了同盟会员，成了共和政治中的精英分子。这些人埋葬了传统的知识与道德，以决绝的暴力手段，为他们曾经幻想依附与效忠却又未遂的大清帝国献上一曲忧伤的挽歌。

所以还是在若干年后，美国学者罗兹曼在他的《中国的现代化》一书中不无感慨地写道："废止科举划时代的意义超过了辛亥革命，其意义不亚于 1861 年沙俄政府的废奴和 1868 年日本明治维新后的废藩。"

后 11 年

瀛台是一个小岛，四面环水，坐落在中南海的南海里。中心建筑是涵元殿。很多年前康熙和乾隆曾经在此听政、赐宴，戊戌年后，它成了光绪生命中最后的归宿。

1898 年到 1908 年，10 年的光阴到底有多长？在光绪看来，长不过涵元殿那扇纸糊的窗户。冬天，窗户纸破了，也没人给补一补——这个小岛的主人到底不是光绪而是慈禧太后。光绪能做的只是写一些小诗，发一声感慨。他写"欲飞无羽翼，欲渡无舟楫"的诗句，发"我不如汉献帝！"的感慨，却是无人理睬。《三海秘录》记载："一日见小明轩屋角有蛛网，乃自起持竿挑去之，为宫监所睹，趋而相助，帝摇手示无须。"所以，瀛台岁月里的光绪做的不是皇帝，而是寂寞。"他是一个特殊的囚犯。他与自由之间只隔着几码的水域，可是这几码的距离却好比是几千英里，因为它是不可能逾越的……不幸的皇帝！当他没有什么可写的时候，他就坐在他牢房的宽敞的阳台上，一坐就是好几个小时，向外眺望他失去了的世界，眺望西苑，眺望紫禁城；但是他哪个地方也不能去。囚室里的家具简陋到极点，再也找不出比这更简陋的了，而且还要经常挪动，以适应不同的需要。一张桌子，一两把椅子，几条破板凳——这就是光绪囚室中的全部陈设。"（见德龄《瀛台的囚徒——光绪》）光绪每天作为一个符号的象征被拉去陪太后上早朝，像木偶一样地活着，将一个乱世皇帝的落魄与无奈苟活得入木三分，令人印象鲜明。

但其实，他的心没有死。光绪囚禁期间在涵元殿内摹写《宋司马光谕人君用人之道》，跋文是："光绪丙午（1907年）十月上浣录，臣全忠敬书。"另外光绪还在他手书的一些匾额斗方下款都写着"臣全忠敬书"。光绪以对慈禧太后称臣的方式曲折地表达他再次亲政的企图。这是他的机心，也是他的天真——光绪和慈禧玩机心，毫无疑问是天真之举——这个可怜的皇帝至死都未能走出瀛台。

当然要证明光绪心没有死的证据还有很多。近代史学著名学者叶晓青在中国第一历史档案馆所藏内务府档案中偶尔看到的一份档案，为我们揭开了光绪帝最后岁月里的隐秘心迹。这是一份光绪三十三年（1907年）和光绪三十四年（1908年）内务府的"呈进书籍档"，是内务府办理光绪帝索要的购书单的记录。上面记载着光绪帝朱笔所列的书目：《日本宪法说明书》《日本统计释例》《日本宪政略论》《译书提要》《驻奥使馆报告书》《孟德斯鸠法意》《政治讲义》《法学通论》《比较国法学》《政治学》……总共超过50种，这时离光绪帝去世只有半年。毫无疑问，这是一个帝王最后野心的沉默记录，它秘而不宣，却最终幻化为一声叹息，飘荡在历史的虚无空间里。

1908年的帝国对光绪帝或者光绪王朝来说一切意味着终结。这一年的6月，湖南、河南、江苏、安徽请愿代表纷纷到京，将一封封请愿书投进都察院，请求帝国速开国会。8月13日，帝国查禁了积极鼓动开国会请愿的政闻社，企图杀一儆百，但效果适得其反。各省请愿来京师的人员简直络绎不绝。与此同时，湖广总督陈夔龙、两江总督端方、清驻德公使孙宝琦等也先后上奏，请开国会。帝国一时间陷入无可收拾的地步。这个时候，光绪已经卧床不起了。从3月到7月，给他诊治过的御医就有30多人，诊治记录达260次之多。他和他身后的帝国，似乎都处于最后的弥留状态。8月27日，帝国被迫颁布《钦定宪法大纲》，核准宪政编查馆拟定的9年为期，逐年筹备宪政，期满召开国会的方案，以还政于民；11月14日，光绪皇帝因心力衰竭而亡。他终于以死亡的代价，离开了那个囚禁他十年的瀛台，但是对于这个帝国，他却无所作为了。

慈禧太后也无所作为了。在光绪去世后第2天，她死于中海仪鸾殿，从而松开了掌控帝国近半个世纪的那双手。帝国突然间无人看守，强势人物袁世凯则被罢职回籍，他回到彰德后写下"楼小能容膝，檐高老树齐。开轩平北斗，翻觉太行低"一诗，窥测时机，准备东山再起。而在帝国以外的世界，一切依旧生生不息，日新月异。

康 熙

看一下这个人的一生。生于康熙十三年（1674年）。康熙十四年（1675年），在他还是个1岁多的婴儿时，被立为太子。33年后，也就是康熙四十七年（1708年），被废；第2年，复立；3年后也就是康熙五十一年（1712年），再废，受禁锢；雍正二年（1724年）卒，追封理亲王，谥号密。

不错，这个人就是康熙的皇二子胤礽。胤礽的一生，基本上是在废立之间度过的。二立二废，所谓荣辱浮沉，其人生的祸福悬念，都在废立二字上了。但是"二立二废"的曲折经过，似乎仍可以让人依稀看出父子间的恩怨、希望与绝望的交织。

这是一部父子关系的嬗变史，也是王朝政治的消息史，附着其上的，还有很多世易时移的因果轮回。

皇二子胤礽是孝诚仁皇后所生，为嫡长子。在那个出身决定一切的年代，胤礽的身份优势让他轻而易举地击败了庶出的皇长子胤褆，从而在不晓人事的年龄成为这个帝国法定的未来领导人。但是人世间的悲哀就在于——人们往往认为，轻易得到的东西就是理所当然和天长地久的。尽管康熙对胤礽进行严格的皇太子养成教育，但是胤礽的表现却是复杂的。一方面，在康熙和讲官的精心教育下，"骑射词言文学，无不及人之处"，但是另一方面，胤礽的欲望也在养成。他接受各种各样的贿赂，包括性贿赂。重要的，他开始表现出对权力欲的特殊嗜好。尽管康熙为了培养他的太子意识，令礼部为其制定相应的皇太子礼节：如众皇子向皇太后行礼后，要由皇太子再率众皇子向皇帝行礼；百官向皇帝行朝贺礼后，皇太子要到文华门内主敬殿升坐，百官再到这里向皇太子行二跪六叩头礼；出巡时，地方官在朝见皇帝后，还要朝见皇太子，并向皇太子进献礼物等。但是胤礽却不想被动地接受这一切。他要变被动为主动。结果，平郡王纳尔苏、贝勒海善、公普奇遭到了他的殴打，起因是胤礽想试试太子的威权究竟可以扩展到什么程度。到最后，康熙发现，这皇太子竟然发展到在他面前也敢辱骂大臣。这样的发现让他感到不安。

拐点发生在康熙二十九年（1690年）。这一年，康熙感受到了孤独，因为他在远征噶尔丹时得了重病。康熙以为，比丹石更好的药是亲情的慰藉。他渴望这样的亲情慰藉。于是便召皇太子胤礽、皇三子胤祉到塞北行宫请安。

石破石中名峰連峰上峰

石涛济

清　石涛　《山水》

但是胤礽人来了，慰藉却没有来。胤礽以为父亲太脆弱，打个仗还搞得这么儿女情长的，不男人。他以自己的冷漠告诉康熙，把他叫过来绝对是个错误。康熙也明白这的确是个错误，但他以为，错不在胤礽身上。胤礽现在变得这么绝情，一定是受了某些围在他身边的阴险大臣的影响。

康熙三十三年（1694 年），康熙断定，那个阴险的大臣已浮出水面。此人就是礼部尚书沙穆哈。沙穆哈为了讨好胤礽，认为皇太子的拜褥应像皇帝一样，要放置在殿门内，可康熙却坚持要放在殿门外。争执未果，沙穆哈建议康熙把这条谕旨记入档案，留给后人一观。如此这般心怀叵测的建议终于让康熙恍然大悟。很快，沙穆哈就回家吃老米饭去了。

不过，沙穆哈从一个潜伏者成为暴露者对康熙来说不是结束，而是开始。康熙三十六年（1697 年），内务府所属的一些不知天高地厚的低级官员私自跑到皇太子处窃窃私语，这让康熙觉得星星之火正在燎原，为了防止进一步的火烧火燎，康熙将他们监禁或处死了。

康熙四十一年（1702 年），最大的潜伏者索额图暴露。康熙悲愤地指出："索额图诚本朝第一罪人也。""朕若不先发，尔必先发之。"（《清实录》）索额图由是被捕。只是康熙并没有料到，父子亲情此时已被权力欲望所抛弃。早已百炼成"钢"的胤礽开始对父亲采取了全天候监视行动。没有人可以料到胤礽下一步会不会暗杀康熙，因为他做太子的时间实在是太长了，每天在父子亲情和权力欲望之间煎熬，这个人随时可能做出非常之举，骇人听闻之举。

康熙四十七年（1708 年），康熙和他的儿子胤礽之间的父子关系走到了一个拐点。这是扭曲，也是断裂，因为胤礽的太子位被废除了，与此同时，康熙将这个令他伤感的儿子幽禁了。

这一年，康熙已经有二十个儿子了。胤礽的太子位被废，意味着其他皇子们将有机会角逐这一职位。但是康熙没有想到，这是致命的角逐，他无意间打开的是一个潘多拉的盒子，人性的丑陋历历在目、纷至沓来。康熙的儿子们与他这个做父亲的开始斗智斗勇，玩起了心跳游戏。

也是躲猫猫游戏。

皇八子胤禩成为一时人选。胤禩非常擅长经营自己的人生。有心计，善于笼络人心。他很善于与其他皇子搞好关系并使其中的一些人成为自己的支持者。皇九子胤禟、皇十子胤䄉、皇十四子胤禵都看好他，自觉不是做太子的料，便都党附于他，就连大阿哥胤禔也为其所用。胤禔在皇子中虽然年龄居长，替康熙做事最多。康熙征讨噶尔丹时，19 岁的胤禔从征，任副将军，参与指挥战事。但是他的人生仅此而已，作为庶出的皇长子，胤禔明白自己不可能成为太子，便也依附于皇八子胤禩。当然胤禩对于其他王公大臣、各级官吏，甚至江湖术士，只要有利用价值，他都一一收买。除此之外，他还想方设法在社会上博得好名声，以为将来获得帮助。

但是不久之后，一场悲剧在上演。起因是胤禩用心太过，竟然利用相士张明德相面为自己立嗣制造舆论支持。康熙终于明白，他的这个儿子，已经是蠢蠢欲动了。为了引蛇出洞，康熙命大臣们推举太子人选。结果大臣们一致推举皇八子胤禩。这样的结果令康熙骇然：什么时候开始，康熙朝成了八爷党了？于是疾风暴雨来临，胤禩被革去贝勒，降为闲散宗室，而相士张明德被凌迟处死。

对胤禩来说，毫无疑问这是一件很受伤的事。康熙三十七年（1698 年）时，康熙皇帝首次分封皇子，17 岁的胤禩就受封为多罗贝勒，是得爵皇子中年龄最小的一个。这说明那时的他是很得康熙欢心的。现如今，一切烟消云散，胤禩自然是不甘心就此收手。在康熙朝的最后十年里，这个一直在努力经营人生却忘了经营亲情的人并没有放弃对太子之位的争夺。康熙在最后终于明白，在儿子胤禩心中，父子亲情再一次被权力欲望抛弃。康熙——这个一直在超越自己并试图掌控命运的人最后悲愤地为胤禩定调，"系辛者库贱妇所生，自幼心高阴险，听信相面人张明德之言，大背臣道，雇人谋杀胤礽，与乱臣贼子结成党羽，密行险奸，因不得立为皇太子恨朕入骨，此人之险倍于二阿哥也"，并宣称"朕与胤禩父子之恩绝矣"。

但是一切已是无法挽回。在父子亲情与立嗣制度的对抗中，在人性与权力的血拼中，丑陋的人不是一两个。康熙的20个儿子，就是20个欲望载体，康熙从中得到的，不是亲情慰藉，而是冷漠与伤害。他只得自卫，一人与20人斗，斗争的结果如下：

皇长子胤禔因争储位，谋害太子，被康熙革王爵，监禁，雍正十二年（1735年）卒。

皇二子胤礽二立二废，受禁锢；雍正二年（1725年）卒。

皇三子胤祉因参与太子结党，降为贝勒。

皇八子原封廉亲王胤禩因争储位被夺贝勒，并受拘禁。

皇十子胤䄉因参与太子结党，父子反目。

皇十四子胤祯因参与太子结党，父子反目。

…………

这样的伤害对康熙来说已是不堪承受，但是伤害并没有止步于此，而是从亲情层面扩展到政治层面。许多官员因为与皇子结党或者在立储问题上立场不坚定、态度不鲜明受到了各种各样的惩处，一个王朝的权力层开始出现裂缝甚至分裂，康熙的光荣绽放被蒙上了重重阴影，成为他生命中不能承受之重。那些被惩处的官员包括：

内大臣索额图。

国舅佟国维。

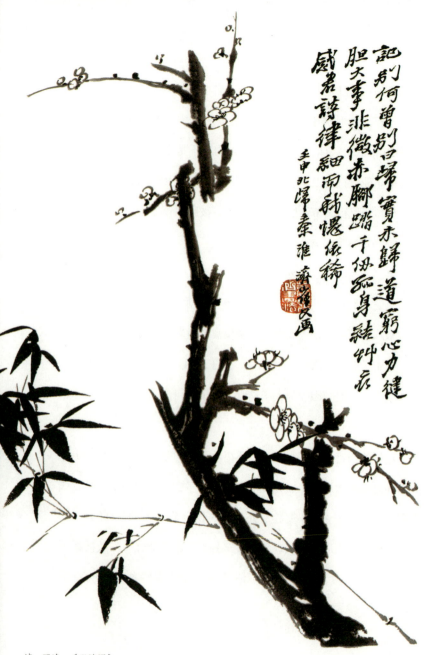

記別何曾別日暮 寶劍歸 道窮心力健
胆大事 非微 赤腳蹄 千仞孤身結艸衣
感君詩律 細雨残懐紙稀

壬申北歸秦淮 蕭謝傳文畫

清　石涛　《双清图》

大学士马齐及其弟李荣保、马武。

翰林院检讨朱天保。

尚书耿额、齐世武。

都统鄂缮。

都统普奇。

副都统悟礼。

左都御史揆叙。

大学士、尚书王掞。

掌河南道事监察御史陶彝、掌浙江道事监察御史范长发、掌山东道事监察御史邹图云等各御史 12 人。

以上这些被惩处的官员有的只是罢官，有的却要严重得多。像大学士、尚书王掞（因为已年过 80，由其子代行）、陶彝等"十三言官"因为在康熙立嗣问题上说了不该说的话立马被革职流放西北，其中有 4 人死在塞外；而尚书齐世武下场更惨，作为皇太子党的主要人物，他被"以铁钉钉其五体于壁而死"（《永宪录》）。

毫无疑问，这是一场悲剧。制度与人性的悲剧。特别是对康熙这样一个追求人生圆满的人来说，更是如此。他的悲悯心被撕裂了。他在一年之内发布 4 道具有人本关怀色彩的谕旨在此时成了反讽。康熙最终没能超越自己。这是一道历史佬儿设置的屏障，在人性实验面前，康熙恼羞成怒、顾此失彼、狼狈尽现，露出破绽处处。这是一个人的局限性，说到底也是历史的局限性。杰出如康熙者，也难逃此限。

康熙开创盛世，赢却一个王朝，却没有赢得了他自己。他不可能做制度的突破者，他也终于败在他的儿子们手下。哪怕是他最后亲自选定的皇位继承人皇四子胤禛，事实上也是个心机巧妙之人。皇四子胤禛不争是争，荣登大宝之后却对自己的兄弟图穷匕见。史载：

皇三子胤祉在雍正八年（1730 年），被夺爵、囚禁。雍正十年（1732 年），去世。

皇八子胤禩是胤禛（雍正帝）的最大隐患，雍正四年（1726 年），胤禛以其结党妄行等罪削其王爵，圈禁，并削宗籍，更名为阿其那。同年，死。

皇九子胤禟在雍正即位后，被派驻西宁。后以其违法肆行，与胤禩等结党营私为由，于雍正三年（1725 年）被夺爵，幽禁。次年，削宗籍，令改名塞思黑。同年，卒。

皇十四子胤禵在雍正三年（1725 年），被降为贝子。次年，革爵禁锢。

这就是康熙选定的国君对他的兄弟们所做的事情。能说康熙最后的选择是正确的吗？当然，康熙是看不到身后的一切了。事实上最后的时刻他已是手忙脚乱，只能在有限的选择里赌一把。因为要背叛他的都已背叛，只剩下不争是争的皇四子胤禛一时间看不清庐山真面目。好牌坏牌就指望他了。当最后的底牌掀开之后，世人目瞪口呆，但康熙却看不到输赢了。

因为他的戏已经唱完，主角已不再是主角，接下来的剧情也与他无关。

时间胜了一切。

时间改变一切。

时间证明一切。

这是历史的残酷之处，也是康熙光荣背后的惆怅。仅此而已。

雍　正

一

　　雍正的兄弟们很多。但是，对雍正来说，这不是什么好事。从康熙朝一路走来，雍正和他兄弟们一直是竞争关系。你死我活的竞争。

　　这是亲情的异化。在权力面前，每一个人都成了武器，对付其他兄弟的武器。当康熙还活着的时候，兄弟之间的抗衡还处于平衡状态，起码表面上是这样。因为存在一个裁判者和制衡者，还因为谜底没有揭开，人人心中尚有念想。康熙不在了，谜底也揭开了，最不可能的那个人成了胜出者，人人心中的念想破灭了。这样的情况下，胜出者毫无疑问成为众矢之的，雍正这一回就发现，自己虽然成了皇帝，却也同时成为靶子，成为一人敌众人游戏的孤独者。

手足之情的存无尚且不论，自己的人身安全现在成了第一位的问题。胤禩、胤禟、胤䄉、胤禵这些人，心里到底在想些什么，又想干些什么，没有人知道，甚至他们自己也不知道。这是非常可怕的。如果人人跟着欲望走而没有任何节制的话，很显然，雍正的人身安全是得不到保证的。

所以这是考验雍正处世技能的时刻，也是展示他帝王心术的时刻。在历史的夹缝间，雍正注定不可能成为一个伟大的帝王。在他身上，术道并举，阳光与阴影共存。光荣只属于他的父亲——康熙。虽然康熙也有惆怅，但那是阳光下面的惆怅；要说阴影，也是灿烂的阴影。可雍正不同，在如此的历史境况下，他只能是暗室里的人物。他的黑夜比白天多。只能以"术"取胜而不能以"道"取胜。他必须做到比小人更小人，比君子更君子，如此才能突破瓶颈，走出历史的夹缝，为自己赢得一席之地。

雍正出招了。招招不同。对待不同的兄弟，雍正总能使出不同的招数，而这样的招数事后证明都是天才的设想，是一个现实主义者和野心家合谋的结果。

最佳结果。

胤禩。八阿哥胤禩是雍正帝的最大隐患，在康熙朝长达20多年的储位之争中，胤禩一直是未被降服者，也是胤禟、胤䄉、胤禵、胤禵等人的精神领袖。雍正即位后对祯禩采取的第一个动作是任命他为总理事务王大臣。在雍正任命的 4 个总理事务王大臣中，胤禩排名第一。随后，雍正晋升他为廉亲王，授理藩院尚书，办理工部事务。雍正二年（1724 年），雍正发布上谕，指责胤禩等藐视皇权的行径。同年，训斥胤禩拉拢工部侍郎岳周，沽名钓誉、居心不良。雍正三年（1725 年），当众指出胤禩等人犯的罪行"国法难容"，只因"欲保全骨肉，不事深求"。雍正四年（1726 年），雍正宣布将胤禩革去黄带子，交宗人府除名。接着，下令将胤禩的名字改为阿其那，他儿子弘旺的名字改为菩萨保（在满族语言里，"阿其那""菩萨保"都是贬义词），后来，雍正下令让大臣们给胤禩议罪，胤禩获罪 40 条。10 月 5 日，胤禩在监禁中患重病死去。

胤祯。康熙死时，十四阿哥胤祯作为抚远大将军正率 30 万大军在青海平叛。对雍正来说，这是个噩梦般的存在。因为 30 万大军的用途有很多种，他不希望最坏的那种情形发生。所以雍正采取的对策是下达一条令胤祯来京奔丧的命令，并将其 30 万大军交给年羹尧及延信管理。胤祯到京后，雍正又下一道命令，令他在遵化汤泉待命，事实上将这个唯一的同母兄弟软禁了起来。雍正四年（1726 年），胤祯被押回京城，和他儿子白起一起关押在景山寿皇殿附近，日夜看着康熙帝后遗容，面壁思过。

胤禟。九阿哥胤禟在雍正即位后，就被派驻西宁（今青海），接

清　蒋溥　《月中桂兔图》

受年羹尧的严密监视。雍正给出的理由是"西宁不可无人驻扎，令九贝子前往"(《永宪录》)。雍正三年(1725年)，胤禟以其违法肆行，与胤禩等结党营私为由，被夺封爵，撤佐领，并在西宁软禁。雍正四年(1726年)正月，以"僭妄非礼"，革去黄带子，除宗籍，逮还京师。下半年，议定罪状28条，送往保定监禁，并令其改名塞思黑("塞思黑"在满族语言里过去多认为是"狗"的意思，近来有学者亦解释为"不要脸")。同年，胤禟暴毙，年仅43岁。

胤祉。三阿哥胤祉跟雍正的关系那真是恩怨交集。康熙三十二年(1693年)时，他和胤禛一同被派往孔子故乡参加孔庙落成祭典。当时没有人知道他们两人之间日后会有其中的一个坐上龙椅。如果硬说可能性的话，胤祉的可能性更大一些。不仅因为他排行老三，胤禛排行老四，还因为大家都看得出来，康熙的心里有他。在这以后，凡是行军围猎、祭典拜陵康熙都带他随行。康熙三十五年(1696年)，胤祉还随父亲亲征噶尔丹，领镶红旗大营。康熙三十七年(1698年)，因为立下战功被封诚郡王。自康熙四十六年(1707年)开始，他每年都迎接父皇来自家花园游赏。这其实是一种殊荣，在康熙的二十个儿子当中，不是每人都能享有类似待遇的。康熙四十七年(1708年)，胤祉的人生再上高峰，因为他做了一件影响康熙朝太子废立的事情——揭发蒙古喇嘛汉格降为胤禔用巫术魔胜废太子胤礽，毫无疑问这是胤禔搞的一桩阴谋。这桩阴谋的曝光使得当时对胤礽仍有期待的康熙找到了复立其为太子的理由或者说借口，胤祉也因为在关键时刻立功而被晋封亲王。康熙六十年（1721年），胤祉又奉命与胤禛、胤祹祭盛京三陵。这实在是意味深长的祭奠，因为傻瓜都看得出来，皇位继承人将在他们之中产生。只是到最后很遗憾，胤祉的人生没有再上高峰，而是迎来拐点。雍正即位后，以胤祉与胤礽素来亲睦为由头，命他守景陵。雍正六年（1728年），胤祉被降围郡王，交宗人府禁锢。雍正八年（1730年），胤祉因为在怡亲王胤祥的丧礼上表情不悲被雍正再次夺爵，并幽禁于景山永安亭。两年后，这个人生曾经有无限希望的人在雍正朝静悄悄死去。

当然，细究起来，雍正兄弟们的被囚或死去，总是有一些言之凿凿或莫须有的罪名。但是这些罪名在历史的典籍间白纸黑字的存在时，却又经不起推敲。因为，当动机变得可疑时，结果已不再重要，重要的是人心，人心的微妙。

对雍正来说，一切可能是他的错，也可能不是他的错。这是历史的两难选择，雍正的囚徒困境其实也是康熙的囚徒困境。在立嗣过程中，康熙看到了一个不太美妙的开头，而雍正目击的则是更加难堪的结局。他是承受，也是伤害。在承受中伤害，在伤害中承受。雍正既是受害者，也是加害者，只是他令人侧目的地方在于，将心机玩得太过。有时举重若轻，有时举轻若重，有时曲径通幽，有时殊途同归，有时欲擒故纵，有时欲罢不能，貌似诚恳，实则暗藏杀机，令人为之愕然。

不是说不可以玩心术，帝王之道在某种意义上说也是帝王之术，但是雍正如此玩法，在功利层面上他是赢了，在心灵或精神层面上他却输了。

毕竟是兄弟。

二

雍正的心灵应该说是痛苦的。当康熙的公开立储之举犹如打开了一个潘多拉的盒子，让人世间最丑陋的欲望表演纷至沓来时，雍正看到的，或许是制度破绽。

如果将这盒子关上呢？

雍正元年（1723 年）农历八月十七日。乾清宫西暖阁。雍正发表谈话。谈话对象是总理事务王大臣、满汉文武大臣及九卿。雍正说道："朕自即位以来，念圣祖付托之重，安可怠忽，不为长久之虑？当日圣祖因二阿哥之事，身心忧瘁，不可殚述。今朕诸子尚幼，建储一事，必须详加审慎。此事虽不可举行，然不得不预为之计，今朕特将此事亲写密封，藏于匣内，置之乾清宫正中，世祖章皇帝御书'正大光明'匾额之后，乃宫中最高之处，以备不虞。又别书密旨一道，藏诸内府，为异日勘对之资。"

雍正的谈话事实上透着三个"密"字。密封。密藏。密旨。关上了潘多拉的盒子，将人间的好奇心扼杀在岁月的长河当中，不再透露任何最高权力的消息，直到雍正百年、大厦将倾的那一刻，一切才春光乍泄。所以，争宠是没有意义的，相互诛杀也毫无意义。雍正这样的制度设计，似乎可以规避权力争夺导致的种种可能及其严重后果，起码在其在世时，他的儿子们不会自相残杀。

看上去很美。

但是，果真如此吗？

其时，雍正的长子、二子已死，三子弘时 20 岁，四子弘历 13 岁，五子弘昼比弘历小 3 个月。要说年龄，这几个儿子都谈不上很小。雍正谈话之后，第一个很受伤的人毫无疑问是弘时。他已经 20 岁了，大哥、二哥已死，在这样的情况下弘时对自己的人生是充满期待的，可父亲一句"诸子尚幼，建储一事，必须详加审慎"令他觉得前途渺茫。

雍正元年（1723 年）12 月 20 日，是康熙帝的周年忌辰。这一天，雍正派儿子弘历前往景陵代其拜祭；第二年同样的日子，又是这个弘历前往景陵代其拜祭。弘时突然间明白父亲心中的那个秘密了，由此，他做出了一个影响其命运的重大选择：投靠八叔胤禩，跟父亲对着干。

这样的选择在雍正看来极具震撼力。因为他没想到，秘密建储导致的第一个后果竟是儿子在亲情和政治上的双重背叛。雍正当然不能容忍这样的背叛。他立马将弘时逐出紫禁城，并勒令他去做胤禩的儿子，父子之情宣告恩断义绝。两年后，年仅24岁的弘时郁郁而终，成为雍正秘密建储制的第一个牺牲品。

但是，秘密建储制的危机并不仅于此。在雍正长大成人的4个儿子（弘时、弘历、弘昼、弘瞻）中，虽然雍正在世时，公开起来逆势而为的只有弘时一人，但是当雍正去世之后，最后的谜底揭开，弘历成为乾隆帝时，弘昼、弘瞻也愤愤不平，蠢蠢欲动了。弘昼经常藐视乾隆的皇权，行为怪诞，令乾隆大伤脑筋，不知该如何处置为好。事实上，这不是乾隆的错。因为雍正在时，弘昼已被封为恭亲王，雍正似乎也比较宠爱他，经常派他一些政事去做，也许目的只是为日后辅助新皇帝做历练，但弘昼本人并不这么想，这个只比弘历小3个月的人心中也有一个帝王梦。谁说恭亲王不可以做皇帝，弘昼用自己怪诞的行为为他隐晦的心理做注脚，只将一场历史的困局演绎得九曲回肠，沉重莫名。

弘瞻采取的则是非暴力不合作运动。这个雍正的六儿子其实是个知识分子，善诗词，雅好读书。但是知识分子心里要有念想的话，那是可以放一生一世的。弘历继位后，弘瞻非暴力不合作，并

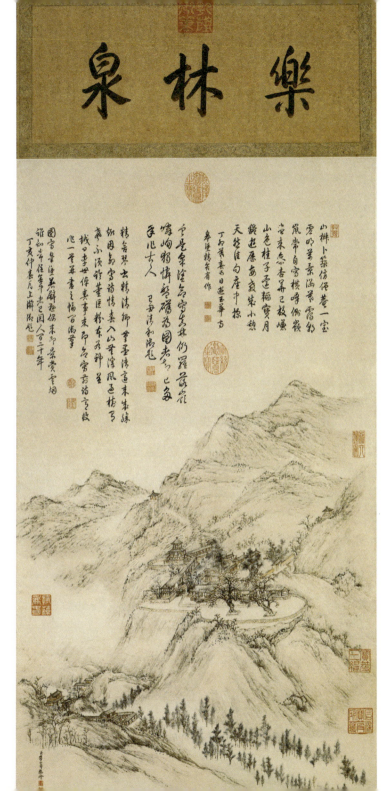

清　李世倬　《皋涂精舍图》

不承认领导人执政的合法性。乾隆盛怒之下，将他降为贝勒爵位，并罢免其一切差使。弘瞻的余生业因此变得了无生趣，和弘时一样，他也是郁郁而终的，在乾隆开创的新盛世里。

这是几个皇子的悲剧。当然这样的悲剧是雍正不愿意看到的，尽管此时的他已经与世长辞。其实，在雍正的制度设计中，还是有先进的成分在的。起码在此之前，中国历史上没有类似的立嗣安排，而且秘密建储也在一定程度上减少了兄弟残杀、父子反目现象的发生，在立嗣皇帝上，这样的制度是富有成效的。所以在此之后的清王朝，总计约130多年时间里，在皇位继承的问题上采纳的都是秘密建储制。

不过，从历史的时间长度上说，秘密建储的制度突破还是很有限的。因为残杀或者说猜忌依旧存在，只是在时间点上后延了——靶子在立嗣皇帝生前出现还是身后出现不是问题的关键，问题的关键是靶子出现了，新皇帝总是要迎接众多猜忌的目光的，这是新生礼。新王朝的新生礼，也是新皇帝的新生礼，而新生，总是要伴随着流血甚至是死亡，这似乎是世事新陈代谢的规律。雍正悲剧和康熙悲剧说到底并没有太大的区别——如果雍正也像康熙一样，有20个儿子展开龙虎斗的话。

所以，在这个意义上说，雍正悲剧甚至要大于康熙悲剧。在他执政13年的时间里，雍正不仅要对付兄弟们的冷枪暗箭，也要为他的儿子们避免类似结局提供制度安排和制度实践。同时，他也是个勤政的皇帝，著名历史学家徐中约在《中国的奋斗：1600—2000》中称雍正"也许是清帝国里最勤奋的人"，但是这样的勤奋并没有换来盛世的回报。在约定俗成的康乾盛世里，雍正王朝只是个过门和加油站，而雍正最多是个历史清道夫和制度设计者。

这是雍正的宿命，也是雍正王朝的宿命。

三

雍正执政 13 年，究竟做了些什么呢？或者说他到底是一个什么样的人？

毫无疑问，雍正是严苛而阴郁的。他是密室中的舞者，处处以机心待人处世。密折、秘密建储、军机处、诛心之治、文字狱、特务侦察，雍正的很多行动或想法透着"阴狠"二字。这是一个王朝的治术，也是雍正个人性格的展露，他刚愎自用、阴险毒辣、喜怒不定、反复无常、文过饰非、言不由衷、猜忌残忍、城府极深。在他治下，帝国流言四起，官员、文人、兄弟、权贵多有怨言，而雍正是边做边为自己辩解，坚持理念毫不动摇，很有孤身走我路的意思。

另一方面，如果我们不带偏见看人的话，雍正其实也是勤勉而阳光的。史料证明，雍正这个人知识渊博、精通满汉文字、悲天悯人、力推人道政策、痛恨腐败、勤于政事，执政 13 年，做了很多皇帝 30 年才能完成甚至不能完成的工作，最后过劳死在工作岗位上。他是个开拓型的皇帝，有很多的制度创新和大胆实践。秘密建储制、密折制、养廉银制度、耗羡归公、摊丁入地、军机处的设立与官制的更改。任何一个王朝如果能完成其中的一两项制度创新和实践已属难得，雍正却在短短的 13 年时间里做完了这一切。所以，他注定是个争议纷起的人物。

雍正执政的 13 年，他将自己所有的性格侧面都展示在世人面前。坏事做绝，也好事干尽，正所谓誉满天下谤满天下。他是大清 200 多年历史上性格最丰满的皇帝，只是因为出于世人的偏见和历史的偏见，他才被扁平化了。现在看来，雍正的心灵孤独正是来自世事对他的偏见。这是偏见下的压力，也是压力下的变态。雍正行走在正邪之间，阳光与阴影的轮替地带，一生非主流，所以才拥有那么多自相矛盾的性格侧面。这些自相矛盾的性格侧面集中在一个人身上，无疑会向这个世界奉献很多悲喜剧。

咸　丰

　　烟波致爽殿是避暑山庄内清帝的寝宫，《热河志》记载说，烟波致爽殿"旁挹云岚，后带湖渚，为三十六景之冠"，可见景致是很好的。咸丰十年（1860 年）除夕，咸丰帝在烟波致爽殿进"高头早膳，用有海屋添筹有帐子桌摆"。中午则以"金龙宝桌围大宴"方式，和他的后妃们吃上了这多灾多难年头的最后一顿团圆饭。

　　事实上这只是形式上的团圆饭，因为依照以往的规格，每年除夕，咸丰帝的家宴是要在乾清宫举行的，从中午开始，一直持续到晚上。在家宴上照例会上满汉全席以及各种各样的点心、水果、汤膳等，可谓数不胜数，今年则寒碜许多，只有几样家常饭菜。尽管春节前肃顺等人已将承德翻了个底朝天，可这座府城毕竟不比北京，所产有限，咸丰也只能将就着将咸丰十年草草打发了事。

　　要细说起来，咸丰十年（1860 年）真是个多灾多难的年头。闰三月，太平军向江南大营清军发起猛攻，攻陷德胜门至江边一带清军营垒 50 余座，歼敌数万。随后，太平军进攻孝陵卫，钦差大臣、江南大营主帅和春狼狈逃跑，营内存银 10 余万，军火局内所存枪炮、子药等皆成为太平军战利品。围困天京达 8 年之久的江南大营被彻底粉碎。农历五月，沙俄出兵占领帝国东北重要海口。八月，英法联军侵入北京。官眷、商民等出城逃避者"十有七八"，六部九卿无人入署办事，京城内外 10 余万清军"溃散十之八九"。联军随后焚掠圆明园。九月，中英、中法《北京条约》在京签订。帝国承诺赔偿英国军费 800 万两、恤金 50 万两，法国军费 800 万两、恤金 20 万两以及割让九龙司地方一区（九龙半岛界线街以南）给英国等……

咸丰就是在割地赔款和跑声隆隆中硬将这一年熬到底的。咸丰十一年（1861 年）正月初二，咸丰帝决定在半个月后起驾回銮，他要开始新年新气象，因为有消息显示，英法联军已经撤出京城，紫禁城皇宫正虚席以待他的归去。

但咸丰帝是注定归不去了。他在这个春天咳嗽不止，红痰屡见，显示肺部出现了严重的问题。咸丰十一年（1861 年）正月十三，皇帝降谕内阁，宣布暂缓回銮，至于何时回銮，"俟秋间再降谕旨"。

历史却不再给咸丰机会，就像咸丰不再给历史机会一样，这个才年过 30 岁的年轻人已然没有了未来，一如他的王朝也没有未来一样——咸丰十一年七月十七日（1861 年 8 月 22 日）卯时，也就是早 5 点至 7 点之间，咸丰帝崩逝于热河避暑山庄的烟波致爽殿西暖阁。

随后，咸丰遗诏颁发：皇长子载淳，现立为皇太子，著派载垣、端华、景寿、肃顺、穆荫、匡源、杜翰、焦祐瀛，尽心辅弼，赞襄一切政务。特谕。

毫无疑问，这是一道改变历史进程的遗诏，却也是充满玄机和杀机的遗诏。因为遗诏的颁发虽然结束了一个旧王朝（咸丰朝），却没有如咸丰所愿展开一个新王朝。众多的矛盾、欲望和冲突点在此时纠结在一起，混沌和扭曲了后咸丰时代的历史进程。恭亲王奕䜣、肃顺党人以及那个著名的女人开始浮出水面，进行厮杀。同治王朝暂时被搁置了，慈禧太后即将粉墨登场，她要干政垂帘，做咸丰之后最有影响力的人物，这一切似乎是咸丰的错，因为咸丰元年（1851 年）的那个兰贵人现在要尽情绽放，但这一切又不全是咸丰的错——毕竟他的时代已经结束，他在人间所有的戏都已咿呀唱完。

人间从此无咸丰。

同　治

历史的吊诡之处，究竟在怎样的时间段或者说细节可以体现出来呢？

公元 1861 年 8 月 22 日，咸丰皇帝去世。临终前他立皇长子载淳为皇太子。同年 11 月 1 日，同治皇帝载淳奉慈安皇太后、慈禧皇太后御养心殿垂帘听政。前后大约 100 天的日子里，一个王朝的政权交割就出现了这样耐人寻味的变化。而在耐人寻味的变化后面，则是同治皇帝一脸无辜的脸和同治王朝暧昧模糊的开局。

这一年，慈安皇太后 25 岁，慈禧皇太后 27 岁，恭亲王奕訢 30 岁。他们青春洋溢，对这个世界充满激情，志在必得。这一年，赞襄政务八大臣中的载垣、瑞华在宗人府自杀，肃顺处斩，景寿、穆荫、匡源、杜翰、焦祐瀛被夺职，穆荫被发往军台效力。据一份史料记载："将行刑，肃顺肆口大骂，其悖逆之声，皆为人臣子所不忍闻。又不肯跪，刽子手以大铁柄敲之，乃跪下，盖两胫已折矣。

遂斩之。"其情其状不可谓不惨矣——赞襄政务八大臣也曾经对这个世界充满激情，志在必得，但北京政变之后，他们什么都没得到。

唉，历史的细节总是含义丰富的。我们现在来看看咸丰皇帝临终前的那只手，它指向什么了呢？两枚印章而言。一枚是"御赏"印章，另一枚是"同道堂"印章。这是两枚权力之章，它们的指向毫无疑问是那个时代最激动人心的悬念——咸丰皇帝在临终前授予皇后钮祜禄氏"御赏"印章，授予皇子载淳"同道堂"印章（后由慈禧掌管），同时规定顾命大臣拟旨后要盖"御赏"和"同道堂"印章。这应该说是一种权力安排，或者说是后咸丰时代的权力分配和权力平衡。这样的安排确凿指证了一种权力均沾模式，表达了咸丰对这个世界最后的控制企图。

只是很遗憾，世界不受咸丰控制。在他生前，就无力控制这个世界了，更遑论死后。所以一个顺理成章的事情发生了——在权力分配上，八大臣同两宫太后发生了矛盾。历史在这一刻终于进入吊诡状态，同治王朝的开局变得模糊不清，充满了无限的可能。

8月1日，恭亲王奕訢入局。他获准赶赴承德避暑山庄去参加咸丰皇帝的追悼会。追悼会后，他又获准同两宫太后会面约2个小时。这是影响历史进程的2个小时，正是在这次会面中，恭亲王奕訢同两宫太后密商了发动政变的细节与步骤。同治王朝权力格局的新走向在这一天峥嵘初现，此时距咸丰皇帝驾崩仅仅过了13天。

随后的一切就水到渠成了，历史在接下来的日子里逐渐将一种可能性变成现实性。8月6日，御史董元醇上奏请太后暂理朝政、并选择亲王加以辅弼，从而为两宫太后未来的垂帘听政打下舆论基础；7日，亲太后派的准兵部侍郎胜保赶到避暑山庄，请旨不许各地统兵大臣赴承德祭奠，随后自己率兵经河间、雄县一带兼程北上，为两宫太后未来的垂帘听政保驾护航；9月23日避暑山庄起灵驾。两宫太后和同治皇帝只陪了灵驾一天，就从小道赶回北京，于30日发动政变。年幼的同治皇帝作为这场惊天阴谋的现场目击人，终于看到了一些人的青春洋溢，和另一些人的黯然收局。第一次，这个忧伤的孩子，新王朝名义上的掌门人见识了权力的锋利和无情。

但他也什么都没得到，除了年号。1861年下半年，当一切尘埃落定，阴谋以一种体面的形式收场后，两宫太后诏改"祺祥"年号为"同治"年号。这实在是一次含义丰富的诏改，因为"同治"含义可做四层理解：一是两宫同治，二是两宫与亲贵同治，三是两宫与载淳同治，四是两宫、载淳与亲贵同治。总之帝国要由两宫主导治理，以共建大同世界。

当然大同世界不可能来临，相反，在这个神奇的国度，什么事情都可以发生。世事的吊诡既然有了一个难以言说的开头，必然会有令人心惊肉跳的伏笔和征兆。同治朝 13 年，各种各样的异数开始露头、萌芽甚至欣欣向荣。同样，还有那些作为大清帝国的埋葬者，在同治朝不经意间埋下伏笔，似乎昭示帝国之路不远矣。

索额图：起兴年代的君臣互信及党争问题

帝国起兴年代，康熙时时修行，日有所得，他几乎是抵达了自己人生的光荣时刻，康熙的光荣日可以说不是某一天，而是每一天。当时的人们也预感到了什么，称赞他是盛世之君，是带领一个国家走进新时代的人物，但是，没有人知道，康熙的光荣背后却有着挥之不去的阴影，那是属于他的惆怅，也是属于这个王朝的惆怅。惆怅的根源来自皇储之争。太子的废立问题一直伴随着父子反目与亲情撕裂，同时也产生了极为严重的党争和君臣博弈。

而这其中的一个标签人物，便是索额图。

一

康熙八年（1669 年）的一天，33 岁的一等侍卫索额图发现自己的手心出汗了。因为这是个性命攸关的日子。康熙选择在这一日与鳌拜对决。而他作为皇帝的重要智囊，直接参与了倒鳌策划行动。此前几日，康熙"以弈棋故"召索额图入内谋划，讨论用青壮小内监习布库（摔跤角力）的方式，趁鳌拜不备之时一举拿获，"声色不动而除巨慝"。当然作为铺垫，康熙早早地挑选了一些年少有力的侍卫练习布库之戏，甚至大臣入奏、鳌拜进见时也不回避。或许康熙的想法是让鳌拜误以为皇上年少贪玩，但索额图却没来由地捏了一把汗——这一年皇帝 15 周岁，整个一未成年人。如此以小搏大，能成功吗？

其实，索额图当一等侍卫也才一年时间。一年前，他是吏部右侍郎。从二品。索额图之所以年纪轻轻就进了实权部门且官居高位，只因他是大清开国勋臣索尼之子。顺治帝福临去世前，曾遗命索尼、苏克萨哈、遏必隆、鳌拜为辅政四大臣，辅佐幼君康熙嗣位，索尼居四辅政大臣之首，"商议大事，无出索尼者"。所以索额图进吏部，那的确是索尼一句话的事情。但世上事多意外，康熙六年（1667 年），索尼不幸病故。索额图由是成为仕途上的孤独行者。虽然他已是 30 来岁的人了，但官场风波恶，索尼的去世，立刻打破了之前和鳌拜形成的制衡关系，鳌拜变得一枝独大。这是其一；其二是索尼去世前，曾上书康熙曰："世祖章皇帝（顺治帝）亦十四岁亲政，今上年德相符。"奏请亲政。而康熙也选择在农历七月初七"躬亲大政"，算是对索尼遗嘱的身体力行。

但事实上，这是极其凶险的举动。康熙亲政前，鳌拜还不会将矛头直接对准他。他亲政了，再加上首辅索尼去世，鳌拜自然处处与其为难。索额图恐惧地观察到，鳌拜竟然对皇上动手动脚了。比如鳌拜为了让苏克萨哈去死，竟然对康熙"攘臂上前，强奏累日"，逼迫皇帝不得不公开判处苏克萨哈绞刑。这苏克萨哈在四大辅臣中排名靠前，仅次于索尼。并且苏克萨哈本人无意跟鳌拜为敌。他多采取隐忍态度。在因圈换旗地之争而导致的苏纳海等几名大臣被杀一案中，鳌拜询问朝臣们的态度，大家多畏惧其势力，唯唯诺诺，不敢有任何不满的表示。只有苏克萨哈沉默以对，由此得罪鳌拜。苏克萨哈虽然没有如他所愿凌迟处死，但最后也被绞死了。两年后的康熙八年（1669年），康熙宣布苏克萨哈案"殊属冤枉"，命恢复苏克萨哈及被株连人等原官，世爵由其子承袭，并发还家产。这其实从一个侧面说明，在当时刚刚亲政的康熙是迫于鳌拜压力才不得不做出违心的选择，也说明在此历史情境下，与鳌拜作对者绝没有好下场。

当然，索额图的恐惧不仅仅来自苏克萨哈这样一个个案。差不多与此同时，弘文院侍读熊赐履的遭遇也充分说明与鳌拜作对者绝没有好下场。熊赐履是湖广孝昌（湖北孝感）人。顺治十四年（1657年）中的进士，一直以来仕途进步不大。顺治十六年（1659年），他被授翰林院检讨。康熙四年（1665年），补弘文院侍读。总

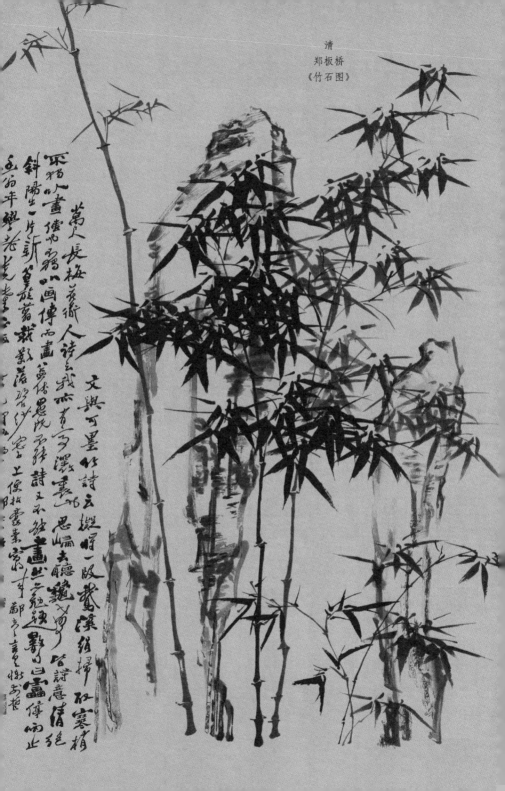

清
郑板桥
《竹石图》

的来讲是一个书生。自古书生多清谈。熊赐履没想到，他的命运在两年后遇到了一个坎。康熙六年（1667年），皇帝下诏求言。这其实是新官上任三把火的意思。康熙在这一年刚刚亲政，下诏求言是例行动作。百官们感慨于鳌拜专权，多沉默不语，只有熊赐履洋洋洒洒上万言疏，对四大辅臣推行的种种政策提出尖锐批评，称朝廷重大失误有4个方面：政事纷更，法制未定；职业堕废，士气日靡；学校荒废，文教日衰；奢侈成风，礼制日坏。虽然熊赐履在疏中没有直指鳌拜的名字，而用四大辅臣一笔带过，但鳌拜却跳出来对号入座了。他上奏康熙欲以妄言罪惩处熊赐履。康熙有心保护熊赐履，含含糊糊道："他自言国家大事，与你何干！"但熊赐履到底是不识时务的书生。虽然皇帝为他开脱，他仍在次年继续上疏称：朝廷积弊未去，国计隐忧可虑。这下鳌拜光火了，他指责熊不能指到实处，妄行冒奏，令下部议处，降两级调用——虽然熊赐履响应朝廷的号召，说了一些忧国忧民的话，却到底得罪鳌拜，遭了暗算。

但仕途中人索额图却不能不参与到这个行动中来。行动之前，康熙不动声色地将鳌拜的亲信派往各地，随后又让自己的亲信掌握了京师的卫戍权。行动当天，索额图奉命在武英殿门外站岗，并且想办法收缴鳌拜随身佩带的武器。行动之时，10多名训练好的布库少年暗藏于武英殿内，伺机采取动作。

不过对鳌拜来说，他在康熙八年（1669 年）之所以败其实不是败在索额图手里，也不是败在十几名布库少年手上，而是败给了一把椅子和一只茶杯上。先说椅子，鳌拜所坐的椅子，右上角的腿是锯断又简单黏合的。这里头其实有妙用。妙用是和茶杯联系在一起的。鳌拜那天所用的茶杯，是在开水中煮了一个多时辰的茶杯，烫得根本握不住。皇帝赐茶、侍卫奉茶、鳌拜端茶烫得左右倒手之际，他所坐的外强中干的椅子也就轰然倾倒了。10 多名布库少年一拥而上，乱拳打倒老师傅，一代枭雄也就束手就擒了。当时人在现场看到这一幕的索额图，心里大约是很欢喜的——这鳌拜，到底败给了自己的大意——过索额图的"安检"时，他大大咧咧地交出了随身的佩剑。武英殿上皇帝赐座时，鳌拜毫无疑心就坐在了那张经过改装的椅子上。接下来的剧情就没什么悬念了，一如索额图和康熙事先设计的那样，叫请君入瓮。而鳌拜束手就擒的那一刻，对索额图来说，意味着仕途曲线的逆转。索额图先是授国史院大学士。康熙九年（1670 年），他擢升为保和殿大学士，任纂修《清世祖实录》总裁官，康熙十一年（1672 年），索额图加太子太保。总之，在鳌拜倒台后的两三年时间里，索额图平步青云，从一个侍卫一跃而为相国。人称索相。

但索额图的相国位置却只坐了十年。到康熙十九年（1680 年）下半年，他就离任了。那么这期间到底发生了什么变故，让君臣互信成了一个大问题呢？

二

君臣互信的第一个触发点，应该说是索额图在三藩问题上没有与康熙保持一致态度。康熙曾不止一次说："朕自少时以三藩势焰日炽，不可不撤。""朕以三藩俱握兵柄，恐日久滋蔓，酿成不测，故决意回。"为了表明解决三藩问题的决心，年少的康熙将三藩及河务、漕运三大事书写在宫中石柱上，以为自励。索额图作为康熙近臣，又是其多年的追随者，对皇帝心迹当了如指掌。但康熙十二年（1673年），皇帝借尚可喜因年老请求归置辽东之际下决心撤藩之时，索额图却表示反对。在廷议中，兵部尚书明珠以及户部尚书米思翰、刑部尚书莫洛等都赞成康熙的态度，请求撤藩，但索额图却站出来反对说，吴三桂、耿精忠上书请撤藩，是试探皇帝旨意，并非真心实意想撤。当前情势下，撤藩势必引发激变，索额图大声疾呼："请诛倡盲诸臣，以谢三桂。"

这是历史的激变时刻。在三藩问题上，朝廷中有些人吓得惊慌失措。所谓"诸臣中有一闻变，便遣妻子回原籍者"，但究其实，这是索额图和明珠的仕途对决。明珠和索额图一样，也是康熙朝最重要的大臣之一。他在顺治时初任侍卫，康熙三年（1664年）升为内务府总管大臣，"掌内务政令，供御诸职，靡所不综"，成为宫廷事务的最高长官。康熙五年（1666年），任内弘文院学士，参与国政。康熙七年（1668年），任刑部尚书。康熙九年（1670年），改任都察院左都御史。康熙十年（1671年），调为兵部尚书。应该说和索额图一样，明珠也仕途顺利。两人走到康熙十二年（1673年）的时间节点上，谁若想再进一层，只能押宝在三藩问题上。

但索额图到底不明白，他一开始就输了。撤三藩其实不是朝廷的能力问题，而是做臣子的态度问题。因为撤三藩若引发战争，朝廷胜了，索额图没有半点好处；朝廷若败了，康熙也不会惩罚明珠等人，否则就是打自己的嘴巴了。所以在这个问题上能不能与上层保持一致，是索额图能否在仕途上继续走下去的关键。尽管他大声疾呼要"请诛倡盲诸臣"，康熙却还是态度坚决："欲迁徙吴三桂者朕之意也，他人何涉？"《康熙起居注》随后记载说，索额图闻此言，"甚惧而退"。

康熙执意撤藩后，吴三桂、耿精忠等三藩一如索额图所料相继叛乱了，天下形势岌岌可危。好在康熙有惊无险地平定三藩之乱，随后他意味深长地说："吴逆倡乱，有谓撤藩所致，请诛建议之人者，朕若从之，皆含冤泉壤矣。"这话其实是在敲打索额图，君臣互信问题毫无疑问已经浮出水面。

接下来，朋党之争让起兴年代的帝国再陷困境。朋党之争在索额图和明珠之间展开。明珠因主张撤藩有功，康熙十六年（1677年），授武英殿大学士，入阁办事。明珠其时是皇长子胤禔的舅舅，便在幕后帮助胤禔拉拢大学士余国柱等重臣，从而成为"长子党"的核心人物。而孝诚仁皇后在康熙十三年（1674年）生太子胤礽，索额图由此成为太子外叔祖父，他与明珠两人同为皇亲国戚，同柄朝政，各结党羽，从而给康熙增添新的烦恼。康熙十六年（1677年），康熙在乾清门召见索额图，对他意味深长道："人臣服官，惟当一意奉公。如若分立门户，私植党羽，始则蠹国害政，终必祸及身家。历观前代，莫不皆然。"这是严重的口头警告了。对于这样的口头警告，索额图其实是存侥幸心理的。毕竟他是太子外叔祖父，皇帝要动他，有投鼠忌器的心理在。

索额图一如既往地自恃尊贵，与内阁学士兼礼部侍郎李光地结盟，与明珠死磕。明珠则"轻财好施，以招来新进，异己者以阴谋诒之，与徐乾学相结"。徐乾学时为日讲起居注官，是朋党之争中的知名人物。由是索额图和明珠的朋党之争动静越来越大，导致两年之后康熙不得不再次出手。康熙十八年（1679年），京师发生强烈地震。刑部尚书魏象枢上疏弹劾大学士索额图、明珠各立私党，揽权贪纵，陷害异己等罪状，言辞激烈，以至于声泪俱下。第2天，康熙御书"节制谨度"赐索额图。个中意味不言自明。康熙称"尔等（索额图和明珠）自被任以来，家资颇已饶裕，……今见所行，愈加贪黩，习以为常"，康熙并指"吴三桂之乱，索额图时参谋议，从未发一善策"，并警告"国法俱在，决不宽贷"。

索额图也知趣，在闭门思过了差不多一年后，以病请求解任。索额图这一招其实是投石问路。觉得自己闭门思过了这么长时间，皇帝的心气也该消了，以病请求解任，目的还在于康熙能够挽留自己，以便在仕途之路上继续走下去，走得更好。但康熙的态度却很令人费解。他一方面优旨褒称索额图："卿辅弼重臣，勤敏练达，自用兵以来，翼赞筹画，克合机宜。"另一方面命其在内大臣处上朝。索额图明白，皇帝到底还是疏远了他。随后，由于索额图在处理自己两个弟弟的问题上，又有徇私之嫌，导致康熙二十二年（1683 年），皇帝痛下决心，彻底处理索额图。这年三月，康熙指责索额图有三大罪：其一，索额图之弟心裕素行懒惰，屡次空班，皇帝交给索额图议处，索额图从轻处置，只罚俸一年。其二，索额图之弟法保懒惰，被革去内大臣职务，随旗行走，但仍不思效力赎罪，在外校射为乐，索额图未能尽教训之责。其三，索额图自恃巨富，日益骄纵。康熙认为："索额图巨富，通国莫及。朕以其骄纵，时加戒饬，并不悛改，在朝诸大臣，无不惧之者。"命严加议处。议处的结果是革索额图议政大臣、内大臣、太子太傅之职，不过仍任佐领。

朋党之争导致内耗，起兴年代的帝国遭遇重创，但这仅仅是开始，接下来的情形更加严重。

三

康熙二十七年（1688 年），明珠大学士的职务被革去，他的追随者余国柱、科尔坤、佛伦等也被革职。但两年之后，在征战噶尔丹的战斗中，明珠又被启用，参赞军务；康熙三十五年（1696年）、康熙三十六年（1697 年），在康熙本人两次亲征噶尔丹，明珠随军督运粮饷，并且因功官复原职。这其实是康熙的机心之所在。对明珠打而不死，以为牵制索额图的锐器。因为索额图复出之后，特别是看到明珠在康熙二十七年（1688 年）被革去大学士的职务，以为从此权柄独掌，行事做派愈加张扬。如在制定太子仪制的时候，索额图授意太子的衣物一律使用黄色，并将其规格大大抬高——百官需对其朝贺，行二跪六叩礼。索额图甚至规定出巡时，地方官在朝见皇帝后，还要朝见皇太子，并向皇太子进献礼物等。虽然康熙皇帝大为不悦地说："太子所用的仪仗等物，太为过制，与朕所用相同。"但索额图对此话充耳不闻。他的追随者也唯其马首是瞻。礼部尚书沙穆哈为了讨好胤礽，认为皇太子的拜褥应像皇帝一样，要放置在殿门内，康熙坚持要放在殿门外。争执未果，沙穆哈建议康熙把这条谕旨记入档案，留给后人一观。其险恶用心，可以说不言自明；另外内务府所属的一些不知天高地厚的低级官员私自跑到皇太子处窃窃私语，也让康熙皇帝心生警觉——这背后，一定有一个推手存在。正是为了保持对索额图的高压姿态，康熙才重新启用明珠的。只是索额图对这一层机心并不明了，一味在危险的道路上狂奔不已。

康熙三十五年（1696年），发生在亲征噶尔丹战场上的一件事让皇帝对索额图多了一层厌恶。当时随军的索额图听信噶尔丹散布的谣言，以为会有六万援兵前来增援噶尔丹，为自身安全计，他紧急建议康熙所在的中路军脱身而回，任由大将费扬古、孙思克所率的西路军孤军作战。结果康熙回銮后，传说中的六万援兵并没有前来增援噶尔丹，只留下西路军血战迎敌——皇帝的退兵之举因此成了一个笑话，一场耻辱。追本溯源，康熙激愤得泪流满面，称："朕一意前进，以剿灭噶尔丹为念。不知索额图等视朕为何如人也！今朕失约即返，则西路之兵不可问矣！"由是，索额图在他心目中的重要性骤减。

康熙四十年（1701年），圣眷不再的索额图借口年老乞休，并很快得到批准。但此公的悲剧在于退而不休，继续成为核心人物。在他身边，阿迷达、麻尔图、额库里、温待、邵甘、佟宝等一批老且怀怨之人为其呐喊助威。康熙在当时对这个情况应该说是掌握的。因为在索额图事败后，他就公开称，"温待、额库礼，俱犯重罪流徙之人,因其年老,令回京师。伊等应安静以养余年。伊乃与索额图结党,妄论国事,妄自犯尤"——这一点可以说明,在皇帝眼中,索额图就是太子党的核心人物。更要命的是太子胤礽的变化让他忧心忡忡。他不仅殴打平郡王纳尔苏、贝勒海善、公普奇等高官,后来竟然发展到在康熙面前也敢辱骂大臣,俨然以皇帝自居了。康熙穷根究底,对索额图愈加不满了。

康熙四十一年(1702年)的德州事件成为索额图仕途乃至于人生的最后拐点。这一年的一天,皇太子胤礽在随驾康熙南巡时病倒。至德州,病重不能行。康熙意味深长地从京师召来索额图,令他在德州陪侍胤礽。这实际上是一种暗中观察,看看索额图和太子间究竟有没有密谋。一般来说,作为仕途中人,是很忌讳和敏感人士单独接触的。索额图此时正确的做法是避嫌,尽量减少与太子接触,韬光养晦以自保。但遗憾的是,他并没有这样做。相反地,索额图行事高调,乘马至太子住所中门方下(论法此行为当是死罪),但胤礽却不以为意。甚至在德州,太子所用之物都是黄色,规格也差不多与皇帝同——索额图不明白,皇帝此时正派人密查他——诚如康熙后来所说"朕皆访知",他的被抓,至此只是时间问题了。

康熙四十二年(1703年),索额图被康熙派出的侍卫海青所抓,在接下来颁发的上谕中,康熙措辞严厉地称:"观索额图,并无退悔之意,背后怨尤,议论国事,伊之党内,朕皆访知……伊等结党议论国事，威吓众人。且索额图施威恐吓，举国之人，尽惧索额图乎？……伊等之党，俱属利口，愚昧无知之徒，被伊等恐吓，遂极畏惧。果至可杀之时，索额图能杀人或被人杀俱未可料，虽口称杀人，被杀者谁乎？至索额图之党，汉官亦多，朕若尽指出，俱至族灭。"康熙这样的上谕，可以说句句置人于死地。索额图这一回也的确在劫难逃了。他先是被交宗人府拘禁，随后被处死，两个儿子格尔芬、阿尔吉善也相继被处死。索额图同党多被杀、拘禁或流放，其同祖子孙皆被革职。一个始荣终败的故事至此落下帷幕。

其实，从帝国的角度看，索额图个人的仕途浮沉并不重要，起兴年代的人事争斗并没有从制度上得到解决，才是康熙故事与光绪故事最终大同小异的内在原因。

从康熙十四年（1675 年）初立太子开始到康熙六十一年（1722 年）一切尘埃落定，近 50 年的时间里康熙体会了制度与人性的对抗。这种对抗的结果毫无疑问是玉石俱焚、两败俱伤。而他深层次的痛苦还在于，作为一个有着悲悯情怀的君主，他不得不每天与儿子们、与那些党争大臣们过招。精心算计，尔虞我诈。

至于到了光绪二十三年，那些前因后果，那些君君臣臣、父父子子的恩怨交集，也还可以在这个遥远的从前得到印证。

张廷玉：中庸之道背后的官场人格

　　《中庸》原是《小戴礼记》中的一篇，意思是"执两用中"。"中庸"之本意是指处理问题时不走极端，而是找到处理问题最适合的方法。但作为中国式生存哲学之一种，"中庸"在国人数千年的演绎或者说实践下显然有了另外的意味。韬光养晦、谨小慎微、不做出头鸟的处世哲学往往有大回报，而张扬高烈、有所作为的开放式人格最后多以悲剧收场。《中庸》的作者是孔子的后裔子嗣子思，他或许没想到，自己本无心机的人生领悟竟被世世代代的中国人功利性地心领神会并参照执行，中国人的集体人格逐渐走向实用主义和犬儒主义——张廷玉式人物走红，苏轼式人物式微。

　　如果从光绪二十三年开始回望，张廷玉式的标本就不仅仅属于康乾年间了。由此，多少命运与国运在悄然间发生了改变。而戊戌变法之难，也可以从中庸之道在光绪年间的依然盛行里得到答案。

一

康熙三十九年（1700 年），帝国官场一如以往那般纷纷扰扰，你方唱罢我登场。有人人头落地，当然也有人飞黄腾达。而正是后者，吸引了无数人对此趋之若鹜。这一年，安徽桐城人、28 岁的年轻人张廷玉高中进士，开始担任庶吉士的职位。这庶吉士是个什么官呢？准确地说它还不是个官职，因为不掌握什么权力。它只是翰林院内的见习生或研究生。由科举进士中有潜质者担任。科举进士一甲者直接授予翰林修撰、编修。朝廷只在二甲、三甲中，选择年轻而才华出众者入翰林院任庶吉士。庶吉士一般要在翰林院内学习三年时间。3 年后，成绩优异者留任翰林，授编修或检讨，正式成为翰林。成绩一般的则被派往六部任主事、御史；当然也有派到各地方去任官的。总之，出路都还不错。所以明清有"非进士不入翰林，非翰林不入内阁"的说法。甚至称庶吉士为"储相"，凡是成为庶吉士的人都有机会平步青云。

我们接下来不妨看看张廷玉父亲张英的情况。张英是康熙六年（1667 年）进士，先是入选庶吉士，3 年后因为成绩优异授编修，担任日讲起居注官，成为皇帝的高级秘书。像御门听政、朝会宴享、大祭祀、大典礼、每年勾决重囚及常朝等大事件，他都直接参与记录，后官至文华殿大学士兼礼部尚书。康熙十六年（1677年），张英入直南书房，史载："每从帝行，一时制诰，多出其手。"可见是很受重用的。张英的仕途履历应该说应验了"非翰林不入内阁"的说法。那么，类似的情况会在张廷玉身上发生吗？

如果站在大家族的背景下看张廷玉入仕，我们不得不承认他的起点是相当高的。或者将话说得更直白一些：张廷玉是个不折不扣的官二代，且祖父辈多为高官。太祖父张淳为明陕西布政使；曾祖父张士维官至中宪大夫，抚州知府；曾叔父张秉文官至山东左布政使；曾叔父张秉贞官至兵部尚书；父亲张英的情况上文已经说了，官至文华殿大学士兼礼部尚书。在张廷玉的祖父辈中，只有祖父张秉彝的情况差一些，仅为贡生。其他的都是进士出身，最后也是朝廷要员。所以，要是不出意外的话，张廷玉的情况也不会差到哪里去。

二

此后，张廷玉的仕途果然一帆风顺。在康熙朝，他先后担任检讨、直南书房、洗马、侍讲学士、内阁学士、刑部侍郎、吏部侍郎等职。雍正元年（1723年）时，张廷玉升礼部尚书，次年转户部尚书，翰林院掌院学士，国史馆总裁，太子太保，并复直南书房。雍正三年（1725年），他署大学士事。雍正四年（1726年），晋文

是山中物不藏盆栽与盎
聊作和靖壁上图看
板橋

清
鄭板橋
《兰图》

渊阁大学士、户部尚书、翰林院掌院学士，并兼充《康熙实录》总裁官。雍正六年（1728 年），张廷玉转保和殿大学士兼吏部尚书。雍正七年（1729 年），加少保衔。

最为难得的是，张廷玉是有清一代汉大臣中配享太庙第一人，也是唯一的一位。那么，什么叫配享太庙呢？雍正皇帝遗诏——张廷玉死后其神位可以安放在太庙的前殿西庑，接受此后历代皇帝每年一次的祭祀。这在大清王朝的历史上，可谓空前绝后之举。在这一点上，张廷玉可以说超过了他的父亲张英。其实，张英也是深谙仕途个中三昧的。张英为官低调，谨慎自谦。座右铭是："读不尽架上古书，却要时时努力；做不尽世间好事，必须刻刻存心。"《清史稿》称"（张）英性和易，不务表襮，有所荐举，终不使其人知。所居无赫赫名"。在民间广为流传的张英"六尺巷"故事，反映了张英的这个性格特点。据说有一次张英老家人与邻人争地，双方僵持不下。老家亲人寄信给他，希望凭借权势压倒对方。张英回信称："千里捎书为一墙，让他三尺又何妨？长城万里今犹在，不见当年秦始皇！"张家人得信后，主动后退三尺，邻居吴氏也大受感动，同时后退三尺，最后留下"六尺巷"的美谈。康熙皇帝因此对张英很看好，称："张英始终敬慎，有古大臣风。"张英因病退休后，康熙还对他念兹在兹。康熙四十四年（1705 年）和康熙四十六年（1707 年），康熙两次南巡，都召张英迎驾，赐御书榜额，一路君臣相知至江宁。张英死后，谥文端，雍正时赠太傅。可谓极尽哀荣。

张廷玉的仕途作风酷似其父，甚至在某一方面来说，青出于蓝而胜于蓝。他信奉"万言万当，不如一默"的人生格言，凡事注重细节，少说多做。每次蒙皇上召对，从不泄露所谈内容，也不留片稿于家中。帝国正县级以上官员的履历他无不知晓，甚至县衙门里胥吏的名字他也随口道来。张廷玉业务纯熟，慎始敬终，和父亲一样"有古大臣风"。雍正十一年（1733 年），他的长子张若霭高中一甲三名探花，张廷玉闻知后不是心花怒放，反而"惊惧失措"，立刻求见雍正，"免冠叩首"，认为自己儿子还年轻，登上一甲三名，是祸不是福，恳请将其改为二甲一名。其言辞恳切，让皇帝颇为动容。

其实，张廷玉的低调还体现在不做大事，专做小事上。虽然雍正朝的每一项重要决策他都参与过，但张不揽功。虽然有人因此误解他，称"如张文和（张廷玉）之察弊，亦中人之才所易及。乃画喏坐啸，目击狐鼠之横行，而噤不一语"，但皇帝却很喜欢这样的性格。张廷玉有一次生病数日，病后回去上班，雍正皇帝很高兴地告诉身边近侍说："朕股肱不快，数日始愈。"一些大臣以为是皇帝龙体欠安，争相前来问安。雍正却对他们说："张廷玉有疾，岂非朕股肱耶？"——张在皇帝心目中的重要性，由此可见一斑。

雍正视张廷玉如股肱，要事密事就专门交代他去办理。雍正事后对他人说："彼时在朝臣中只此一人。"为了防止张廷玉因为经济原因不小心犯错误，雍正专门对他实施高薪养廉。经常赏其万两白银，甚至将一个本银三万五千两的颇具规模的当铺赏给张廷玉去经营，以为捞外快之用。对于皇帝的格外恩赐，张廷玉诚惶诚恐，不敢接受。雍正就反问他："汝非大臣中第一宣力者乎！"逼他接受。

应该说作为仕途中人，在处理君臣关系上，张廷玉做得算是如鱼得水了。康熙、雍正、乾隆，三朝皇帝对他恩爱有加。康熙令他入直南书房，提拔他做礼部侍郎。雍正更是对张廷玉赏识有加，提拔他做大学士、首席军机大臣，兼管吏、户两部。张廷玉有次回家省亲，雍正写信给他："朕即位11年来，朝廷之上近亲大臣中，只和你一天也没有分离过。我和你义固君臣，情同密友。如今相隔月余，未免每每思念。"（《张廷玉年谱》）这份情感，已经远超君臣关系了。至于乾隆，也对张廷玉尊敬有加，特封他为三等伯爵，开了有清一代文臣封伯的先例。乾隆甚至在一首诗中把张廷玉比作周宣王时的贤臣仲山甫和宋朝名臣文彦博与吕端，将其奉为汉臣之首，对他可谓推崇备至。

三

我们来看看乾隆时期的那些文字狱：

《南山集》案。《南山集》案可以上溯到康熙时期。康熙时，戴名世因为著作《南山集》被认定有严重的"政治问题"而付出了生命的代价，与此同时，他受株连的亲戚朋友达几百人。这本来是康熙时期的一出悲剧，但是50多年后，乾隆利用"《南山集》案"借文杀人，杀害了71岁的举人蔡显，株连24人。原因是蔡显的诗文集《闲闲录》里引用了古人《咏紫牡丹》诗句："夺朱非正色，异种尽称王。"诗的原意是说，红色的牡丹是上品，紫色的牡丹称为上品，是夺了牡丹的"正色"，是"异种称王"。但是乾隆却认为蔡显含沙射影。他断定"夺朱"是影射满族人夺取朱明天下，"异种称王"则是影射满族人建立清朝。如此大逆不道，再加上《闲闲录》里载有"戴名世以《南山集》弃市"等字句，乾隆也认为蔡显是对现实不满。由此，蔡显和他的17岁儿子被处死，幼子及门生多人充军。

《字贯》案。涉案人是一名叫王锡侯的举人，为了给参加科举考试的士子提供方便，他把《康熙字典》加以精减，花费17年心血编写出《字贯》，但是乾隆以为，《康熙字典》是康熙皇帝"钦定"的，王锡侯胆敢擅自删改，便是一大罪状。同时《字贯》没有为清朝皇帝的名字避讳，则是另一罪状。据此，王锡侯被处斩，《字贯》彻底禁毁。刻印《字贯》的雕版、废纸也被全部销毁。另外，经办此案的江西巡抚海成因"失察"治罪。

前大理寺卿尹嘉铨案。大理寺卿尹嘉铨退休后让儿子给乾隆上了两本奏折，请求赐给谥号，并且与开国名臣范文程一起从祀孔庙。乾隆看后下令革去尹嘉铨的顶戴，交刑部审讯。同时，指派官员前往抄家，特别嘱咐要留心搜检"狂妄字迹、诗册及书信"。查抄者很快在尹嘉铨的文章中查到"为帝者师"的字句。乾隆恼怒，称："尹嘉铨竟俨然以师傅自居，无论君臣大义不应加此妄语，即以学问而论，内外臣工各有公论，尹嘉铨能否为朕师傅?"随后，尹嘉铨被处以绞刑，他的著作及有关书籍93种也被销毁。

沈德潜反诗案。江南名儒沈德潜官至内阁学士兼礼部侍郎。77岁时辞官归里。沈德潜在朝时，他写的诗颇受乾隆赏识，常出入禁苑，与乾隆唱和。所以沈德潜退休后被乾隆赐赠太子太傅的头衔，从一品，可谓皇恩浩荡了。但就在沈德潜死后不久，他竟然遭到乾隆的清算。因为在沈德潜的诗集里，被查出有几首他当年给乾隆皇帝当枪手写的诗也赫然收录，这就等于揭穿了乾隆一生作诗4万多首某些难与人言的秘密。与此同时，沈德潜还干了两件"蠢"事。一是编了一部《国朝诗别裁》，将降清明臣钱谦益的诗列为诗集之首，乾隆居后。沈德潜此举，无论是在政治上还是艺术上都犯了方向性的错误；二是沈德潜为徐述夔《一柱楼诗集》作"传记"。该诗集中有"明朝期振翮，一举去清都"以及"且把壶儿搁半边"等敏感字句，徐述夔获罪，沈德潜也难辞其咎。至此，沈德潜遭到了清算，他的坟墓被乾隆下令铲平。

胡中藻诗案。大学士鄂尔泰的门生、曾为内阁学士的胡中藻是个诗歌信徒，著有《坚磨生诗抄》。但是胡中藻诗中有"一把心肠论浊清"诗句，有把大清污为"浊清"的嫌疑。乾隆下令密查。随后，胡中藻被处斩，已故大学士鄂尔泰被撤出贤良祠，不准入祀。鄂尔泰的侄子鄂昌，因为与胡中藻曾有诗词唱和而被赐死。户部侍郎裘曰修，也因此案遭革职。

表面上看，这些文字狱是乾隆对文化的戕害和恐惧，可谓盛世之毁，似乎与张廷玉无关。但千人之诺诺，不如一士之谔谔，如果历任礼部尚书、户部尚书、吏部尚书，拜保和殿大学士（内阁首辅）、首席军机大臣等职的张廷玉不能像唐朝宰相魏徵那样阻止乾隆对文化的戕害，那盛世之毁在某种程度上也是毁于遵循中庸之道的官场人格。因为这样的官场人格让盛世失声，文明一再萎缩，推动盛世继续往前走的动力悄然流失甚至转化成阻力。这是大清帝国在未来的岁月里必须付出的代价。

比如150年后的光绪二十三年，戊戌变法呼之欲出，但中庸之道的官场人格依然大行其道，变法最终的结果只能由六君子买单。

和珅：中衰年代的腐败问题

中衰年代，帝国国势失控是以腐败问题的大爆发呈现出来的。

嘉庆四年（1799 年）正月初三，乾隆带着对最高权力的无限眷恋与世长辞。5 天之后，嘉庆帝动手。他下谕宣布，革和珅职，下狱问罪，抄没家产。史载，和珅被抄出来的家产总值达数亿两白银。

一

和珅不是一开始就腐败的。他之所以敢腐、能腐，首先是因为仕途的通达。

和珅仕途通达，当然是因为乾隆皇帝对他关爱有加。乾隆四十二年（1777 年），乾隆命和珅兼任吏部右侍郎。乾隆四十三年（1778 年），和珅又兼步军统领，监督崇文门税务。最关键的是乾隆四十五年（1780年），和珅受乾隆之命远赴云南查办总督李侍尧贪污案，案子还没办完，好事就来了。乾隆下旨，晋和珅为户部尚书兼议政大臣，同时兼御前大臣，补镶蓝旗满洲都统，授正白旗领侍卫内大臣，充《四库全书》馆正总裁，兼办理藩院尚书事务。乾隆四十六年（1781年），和珅兼署兵部尚书，管理户部三库事务。乾隆四十七年（1782年），和珅加太子太保，充经筵讲官。乾隆四十八年（1783年），和珅得赐双眼花翎，充国史馆正总裁、文渊阁提举阁事、清字经馆总裁。乾隆四十九年（1784年），和珅调吏部尚书、入阁为协办大学士，管理户部如故。乾隆五十一年（1786年），和珅晋文华殿大学士，仍兼吏部、户部事。乾隆五十三年（1788年），和珅封三等忠襄伯。甚至到了嘉庆三年（1798年），和珅仍圣眷未衰，太上皇乾隆在临终前仍以"襄赞机宜"为名晋他为一等忠襄公。和珅可谓生命不息，圣眷不止。

其实，和珅的殊荣不止于此。为了让皇恩更加浩荡，和珅想方设法和乾隆进行政治联姻。他的儿子丰绅殷德与乾隆最心爱的小女儿和孝公主成亲，女儿也嫁给了康熙的曾孙——一位贝勒做福晋。甚至和珅的侄女，也就是他弟弟和琳之女嫁给了乾隆的孙子绵庆为妻。和珅由此和乾隆成了牢不可破的亲家。关于和珅与皇家联姻之事，以及众官员的趋炎附势，当时的朝鲜使臣在一份回国后的报告里如是记述："吏部尚书和珅，去年升为军机大臣，子尚皇女，女配皇孙，权势日拢皇帝遣内侍轮番共第，势焰嚣天，缙绅趋附。"

一个人在仕途上如日中天，自然要追求享受。和珅也不例外，甚至变本加厉。他在什刹海畔建了恭王府，在圆明园建了淑春园，在承德避暑山庄丽正门外、北京北长街会计司胡同等处都建了豪宅。甚至在蓟州违制为自己修建坟墓——"和陵"，不仅有禁军看守，规制还超过亲王。关于和珅高调张扬之情状，乾隆五十九年（1794年），朝鲜使臣在回国后的一份报告里同样有记载：和珅"用事日甚，擅作威福，大开赂门。豪奢富丽，拟于皇室。有口皆言，举世侧目"。

和珅的生活是如此的穷奢极欲，以至于某些皇子都要艳羡不已。乾隆的第十七个儿子庆僖亲王永璘不以争夺皇位为念，反而念念不忘于和珅的府第，他曾对人这样说："天下至重，怎么敢存非分之想，只希望圣上他日能将和珅邸第赐我居住就心满意足了。"这实在是个危险的信号，说明和珅已有僭越之嫌，但和珅却我行我素。因为乾隆皇帝已经离不开他了。晚年的乾隆对和珅的所作所为听之任之，以至于他毫无顾忌，为所欲为。和珅不知道，若干年后，当他被嘉庆皇帝以所谓的20条罪状收拾时，他的穷奢极欲就成为被攻击的目标。比如罪状第13条——私盖楠木房屋，奢侈豪华，超标准、超规格。第14条——和珅坟茔设立享殿，开置隧道，蘭梅竹菊四名家，但少春風第一花。
寄與東君諸子弟，好將文事奪天葩。

板橋鄭燮

清 郑板桥 《三清图》

致使老百姓称之为"和陵"。第 15 条——所藏珍珠手串 200 余串，比宫中多好几倍，其中的大珠，比皇帝帽子上戴的还大。还有第 16 条——真宝石顶，不是他应该戴的，却藏数十余颗，还有整块大宝石，为宫里所没有的，不计其数。这些罪状之所以成立，就是因为和珅犯了"违制"的大忌。一个臣子，生活穷奢极欲到令皇子都要艳羡，他的败亡，以及由此导致帝国的中衰也就指日可待了。

二

乾隆六十年（1795 年），老皇帝已 85 岁。就在这一年九月初三日，乾隆在勤政殿，召见皇子、皇孙及王公大臣等，公开宣布立皇十五子嘉亲王颙琰为皇太子，以明年建元嘉庆元年（1796 年），届期归政。

事实上在乾隆公开立储之前，和珅就提前知道了颙琰被立的消息，他派人送了一个玉如意给颙琰，暗示对方已经被立。正所谓一朝天子一朝臣，和珅此举是讨好颙琰，但颙琰却没有收，不买他的账。一切都是无声的博弈，只不过和珅并没有就此示弱。因为在此时，乾隆又宣布："归政后，凡遇军国大事，及用人行政诸大端，岂能置之不问，仍当躬亲指教，嗣皇帝朝夕敬聆训谕，将来知所禀承，不致错失。"这意味着在乾隆有生之年，最高权力仍将牢牢掌控在他自己手里，和珅不必惊慌失措；再一个，和珅是乾隆的宠臣，颙琰真的要秋后算账，不能不顾及老皇帝的脸面。事实其实也正如和珅所预料的那样，嘉庆帝即位的前3年里，根本不掌大权，只是个傀儡皇帝而已。和珅明白，只要老皇帝在，他的前程就在，嘉庆根本奈何不了他。

甚至和珅还处处找机会敲打嘉庆。嘉庆登基后，他的老师、时任广东巡抚的朱珪向嘉庆进颂册，和珅却在乾隆面前告御状；嘉庆想升授朱珪为兵部尚书和吏部尚书，和珅却称"嗣皇帝欲市恩于师傅"，要老皇帝警惕嗣皇帝结党营私。和珅甚至派他的老师吴省兰以帮助嘉庆整理诗稿为名，行监视言行之实。军机大臣阿桂临死前目睹和珅的飞扬跋扈，流着泪对嘉庆说："我年逾八十，可死；位居将相，恩遇无比，可死；子孙皆以佐部务，无所不足，可死。今忍死以待者，实欲俟皇上亲政，犬马之意得以上达。如是死，乃不恨然。"这是希望嘉庆能早日亲政的意思。那嘉庆又是怎么做的？面对和珅种种挑衅，他选择了韬光养晦。嘉庆有事要奏明乾隆时，有意请和珅代奏，以示充分信任；当有人说和珅不好之时，嘉庆会一本正经地称赞和珅的能力和忠心，态度极其诚恳。事实上和珅遭遇到的是一个极强的影子对手，但志满意得的他毫无察觉。